JE N'AI PAS PEUR

DU MÊME AUTEUR

ET JE T'EMMÈNE, *traduit de l'italien par Myriem Bouzaher*, Grasset, 2001.

NICCOLÒ AMMANITI

JE N'AI PAS PEUR

roman

Traduit de l'italien
par
MYRIEM BOUZAHER

BERNARD GRASSET
PARIS

L'édition originale de cet ouvrage a été publiée par Einaudi, en 2001, sous le titre :

IO NON HO PAURA

Ce livre est dédié à ma sœur Luisa,
qui m'a suivi sur la Nera,
avec sa première étoile
épinglée à sa veste.

Il ne comprit que cela. Il était tombé dans les ténèbres.
Et à l'instant où il le sut, il cessa de savoir.

JACK LONDON

1.

J'allais dépasser Salvatore quand j'ai entendu ma sœur hurler. Je me suis retourné et je l'ai vue disparaître, engloutie par le blé qui recouvrait la colline.

Je ne devais pas l'emmener avec moi, maman allait me le faire payer cher.

Je me suis arrêté. J'étais en sueur. J'ai repris mon souffle et je l'ai appelée. – Maria ? Maria ?

Une petite voix douloureuse m'a répondu. – Michele !

— Tu t'es fait mal ?

— Oui, viens.

— Où tu t'es fait mal ?

— A la jambe.

Elle faisait semblant, elle était fatiguée. Je continue, je me suis dit. Et si elle s'était fait mal pour de vrai ?

Ils étaient où, les autres ?

Je voyais leur sillage dans le blé. Ils montaient doucement, en files parallèles, comme les doigts d'une main, vers la cime de la colline, laissant derrière eux une rangée de tiges abattues.

Cette année, le blé était haut. A la fin du printemps, il avait plu beaucoup, et à la mi-juin les plants étaient plus luxuriants que jamais. Ils poussaient, denses, chargés d'épis, prêts pour la moisson.

Tout était couvert de blé. Les collines, basses, se succédaient comme les vagues d'un océan doré. Jusqu'au bout de l'horizon, du blé, du ciel, des grillons, du soleil et de la chaleur.

Je n'avais pas idée de l'intensité de la chaleur, à neuf ans, on n'y comprend pas grand-chose aux degrés centigrades, mais je savais que ça n'était pas normal.

Ce maudit été 1978 est resté dans les mémoires comme l'un des plus chauds du siècle. La chaleur pénétrait les pierres, effritait la terre, brûlait les plantes et tuait les bêtes, elle enflammait les maisons. Quand vous preniez des tomates au jardin, elles étaient sans jus et les courgettes petites et dures. Le soleil vous coupait le souffle, les forces, l'envie de jouer, tout. Et la nuit, on crevait de chaud pareil.

A Acqua Traverse, les adultes ne sortaient pas de la maison avant six heures du soir. Ils se barricadaient à l'intérieur, les volets fermés. Il n'y avait que nous pour nous aventurer dans la campagne ardente et abandonnée.

Ma sœur Maria avait cinq ans et elle me suivait avec l'obstination d'un chiot bâtard qu'on aurait sorti d'un chenil.

— Je veux faire ce que tu fais toi, disait-elle toujours.

Maman lui donnait raison.

— Tu es son grand frère, oui ou non ? » Et il n'y avait pas à tortiller, il fallait que je me la trimbale.

Personne ne s'était arrêté pour l'aider.

Normal, c'était une course.

— Tout droit, jusqu'au sommet. Pas de tournant. Interdit d'être l'un derrière l'autre. Interdit de s'arrêter. Le dernier arrivé a un gage. » C'était ce qu'avait décidé Rackam et il m'avait concédé : « OK, ta sœur compte pour du beurre. Elle est trop petite.

— Je suis pas trop petite ! avait protesté Maria. Moi aussi je veux faire la course ! » Et puis elle était tombée.

Dommage, j'étais troisième.

Premier, Antonio. Comme toujours.

Antonio Natale, dit Rackam. Pourquoi on l'appelait Rackam, je ne m'en souviens plus. Peut-être parce qu'une fois il s'était collé sur le bras le drapeau noir des pirates, une de ces décalcomanies qu'on achetait au bureau de tabac et qui s'appliquaient avec de l'eau. Rackam était le plus grand de la bande. Douze ans. Et c'était le chef. Il aimait commander et si vous n'obéissiez pas il devenait méchant. Ça n'était pas un aigle, mais il était gros, fort et courageux. Et il grimpait le long de cette colline comme un sacré bulldozer.

Le deuxième était Salvatore.

Salvatore Scardaccione avait neuf ans, le même âge que moi. Nous étions en classe ensemble. Il était mon meilleur ami. Salvatore était plus grand que moi. C'était un garçon solitaire. Parfois, il venait avec nous, mais souvent il restait seul pour ses trucs à lui. Il était plus éveillé que Rackam, il lui aurait été très facile de le détrôner, mais ça ne l'intéressait pas de devenir chef. Son père, maître Emilio Scardaccione, était une personne importante à Rome. Et il avait un paquet d'argent en Suisse. C'est ce qu'on racontait.

Et puis, il y avait moi, Michele. Michele

Amitrano. Et cette fois encore, j'étais le troisième, je grimpais bien, mais par la faute de ma sœur, maintenant j'étais arrêté.

J'hésitais entre revenir sur mes pas ou la planter là quand je me suis retrouvé quatrième. De l'autre côté de la crête, cet empoté de Remo Marzano m'avait dépassé. Et si je ne me remettais pas tout de suite à grimper, j'allais me faire dépasser même par Barbara Mura.

Ce serait horrible. Dépassé par une fille. Grosse.

Barbara Mura montait à quatre pattes comme une truie déchaînée. Toute en sueur et couverte de terre.

— Qu'est-ce tu fais, tu vas pas voir ta petite sœur ? Tu l'as pas entendue ? Elle s'est fait mal, la pauvre petite », a-t-elle grogné, heureuse. Pour une fois, ce n'était pas elle qui aurait le gage.

— J'y vais, j'y vais... Et je vais même te battre. » Je ne pouvais pas m'avouer vaincu comme ça.

Je me suis retourné et j'ai commencé à descendre, en agitant les bras et en hurlant comme un Sioux. Mes sandales en cuir glissaient sur le blé. Je me suis retrouvé le cul par terre plusieurs fois.

Je ne la voyais pas. – Maria ! Maria ! Où tu es ?

— Michele...

La voilà. Elle était là. Petite et malheureuse. Assise sur un cercle de tiges brisées. D'une main, elle se massait la cheville, de l'autre elle tenait ses lunettes. Elle avait les cheveux collés sur le front et les yeux brillants. Quand elle m'a vu, elle a tordu la bouche et s'est gonflée comme un dindon.

— Michele... ?

— Maria, tu m'as fait perdre la course ! Je t'avais dit de pas venir, nom d'un chien. » Je me suis assis. « Qu'est-ce que tu t'es fait ?

— J'ai glissé. Je me suis fait mal au pied et... » Elle a ouvert grande la bouche, plissé les yeux, secoué la tête et s'est mise à pleurnicher. « Mes lunettes ! Mes lunettes elles sont cassées !

Je lui aurais retourné une gifle. C'était la troisième fois qu'elle cassait ses lunettes depuis la fin de l'école. Et chaque fois, à qui elle s'en prenait, maman ?

« Tu dois surveiller ta sœur, tu es son grand frère. »

« Maman, je... »

« Il n'y a pas de maman, je. Tu n'as pas encore compris, mais moi, l'argent, je ne le trouve pas dans le potager. La prochaine fois que vous cassez ses lunettes, tu te prends une de ces punitions qui... »

Elles s'étaient brisées par le milieu, là où elles avaient déjà été recollées. Elles étaient bonnes à jeter.

Ma sœur pendant ce temps continuait à pleurer.

— Maman... Elle va se mettre en colère... Comment on va faire ?

— Comment on va faire ? Eh ben, on va y mettre du scotch. Lève-toi, allez.

— Elles sont pas belles avec du scotch. Elles sont pas belles du tout. Elles me plaisent pas.

J'ai glissé les lunettes dans ma poche. Sans elles, Maria n'y voyait rien, elle louchait et le médecin avait dit qu'il faudrait qu'on l'opère avant qu'elle devienne grande. — Ça fait rien. Lève-toi.

Elle s'est arrêtée de pleurer et s'est mise à renifler. — J'ai mal à mon pied.

— Où ? » Je continuais à penser aux autres, ils devaient être arrivés en haut de la colline depuis une heure. J'étais bon dernier. J'espérais seulement que Rackam ne me donnerait pas un gage trop dur. Une fois où j'avais perdu une course, il m'avait obligé à courir dans les orties.

— T'as mal où ?

— Ici. » Elle m'a montré sa cheville.

— Une entorse. C'est rien. Ça va vite passer.

J'ai délacé sa basket et l'ai enlevee en faisant bien attention. Comme aurait fait un docteur.

— Ça va mieux maintenant ?

— Un peu. On rentre à la maison ? J'ai une de ces soifs. Et maman...

Elle avait raison. Nous nous étions trop éloignés. Et depuis trop longtemps. L'heure du repas était passée depuis un bon bout de temps et maman devait jouer la vigie à la fenêtre.

Le retour à la maison s'annonçait agité.

Mais qui pouvait l'imaginer quelques heures plus tôt ?

Ce matin-là, nous avions pris nos bicyclettes.

D'habitude, nous faisions des petits tours, autour des maisons, nous arrivions jusqu'au bord des champs, au torrent à sec et nous revenions en faisant la course.

Mon vélo était une vieille bécane, avec la selle rapiécée, et si haute que je devais m'étirer pour toucher terre.

Tout le monde l'appelait le Clou. Salvatore disait que c'était le vélo des chasseurs alpins. Mais je l'aimais bien, c'était celui de mon père.

Si on ne partait pas à bicyclette, on restait dans la rue à jouer au foot, au ballon prisonnier, à un deux trois soleil, ou bien sous l'auvent du hangar à glandouiller.

On pouvait faire ce qu'on voulait. Des voitures, il n'en passait pas. Des dangers, il n'y en avait pas. Et les grands restaient cloîtrés à la maison, comme des crapauds qui attendent que baisse la chaleur.

Le temps s'écoulait lentement. A la fin de l'été, on était impatients de retourner à l'école.

Ce matin-là, on s'était mis à parler des cochons de Melichetti.

Nous parlions souvent entre nous des cochons de Melichetti. On disait que le vieux Melichetti les dressait à dévorer les poules, et parfois même les lapins et les chats qu'il ramassait dans la rue.

Rackam a craché un jet de salive blanche.

— Jusqu'ici, je vous l'ai jamais raconté. Parce que je pouvais pas le dire. Mais maintenant je vous le dis : ces porcs ont bouffé le basset de la fille de Melichetti.

Un chœur s'est élevé : — Non, c'est pas vrai !?

— C'est vrai. Je vous le jure sur le cœur de la Madone. Vivant. Complètement vivant.

— Pas possible !

Quel genre de bêtes c'était pour bouffer un chien de race ?

Rackam a fait oui de la tête. — Melichetti le leur a lancé dans l'enclos. Le basset a essayé de s'échapper, il était malin, mais les cochons de Melichetti le sont plus que lui. Ils lui ont laissé aucune chance. Massacré en deux secondes. » Et puis il a ajouté : « Pire que des sangliers.

Barbara lui a demandé : — Et pourquoi il le leur a lancé ?

Rackam a réfléchi un peu. — Il avait pissé dans la maison. Et si toi tu atterris là-dedans, grosse comme t'es, ils te bouffent jusqu'aux os.

Maria s'est levée. — Il est fou, Melichetti ?

Rackam a craché de nouveau par terre. — Plus fou que ses cochons.

Nous sommes restés silencieux, imaginant la fille de Melichetti avec un père si méchant. Aucun de nous ne savait comment elle s'appelait, mais elle était connue pour avoir une espèce d'armature en fer autour d'une jambe.

— On peut aller les voir ! ai-je dit.

— Une expédition ! a fait Barbara.

— Elle est drôlement loin la ferme de Melichetti. On va mettre trop longtemps, a marmonné Salvatore.

— Eh ben non, elle est drôlement près, allez, on y va... » Rackam a enfourché sa bicyclette. Il ne perdait jamais une occasion de contrer Salvatore.

J'ai eu une idée. – Pourquoi on prend pas une poule du poulailler de Remo, comme ça quand on arrive on la jette dans l'enclos des cochons et on voit comment ils la bouffent ?

— Génial ! a approuvé Rackam.

— Mais papa me tue si on lui prend une poule, a pleurniché Remo.

Il n'y a rien eu à faire, l'idée était excellente.

Nous sommes entrés dans le poulailler, nous avons choisi la poule la plus maigre et déplumée et l'avons fourrée dans un sac.

Et nous sommes partis, tous les six et la poule, voir ces fameux cochons de Melichetti et nous avons roulé au milieu des champs de blé, et pédale que je te pédale, le soleil montait et brûlait tout.

Salvatore avait raison, la ferme de Melichetti était très loin. Quand nous y sommes arrivés, nous avions une soif terrible et le cerveau qui bouillait.

Melichetti était assis sur une vieille balancelle sous un parasol tordu, il portait des lunettes de soleil.

La ferme tombait en ruine et le toit avait été réparé à la va comme je te pousse avec de la tôle et du goudron. Dans la cour, il y avait un tas de trucs jetés : des roues de tracteur, une Bianchina rouillée, des chaises défoncées, une table avec un pied en moins. Sur un poteau de bois recouvert de lierre étaient accrochés des crânes de vaches rongés par la pluie et le soleil. Et un crâne plus petit et sans cornes. Qui sait quelle bête c'était.

Un chien avec la peau sur les os aboyait, attaché à une chaîne.

Au fond, il y avait des baraques en tôle et les enclos des cochons, au bord d'une crevasse.

Les crevasses ici sont de petits canyons, de longues entailles creusées par l'eau dans la pierre. Des flèches blanches, des roches et des dents pointues affleurent sur la terre rouge. Souvent, dedans, poussent des oliviers bancals, des arbousiers et du houx, et il y a des grottes où les bergers mettent les moutons.

Melichetti ressemblait à une momie. Sa peau ridée collait à ses os, et il n'avait pas de poils, sauf une touffe blanche qui lui poussait au milieu de la poitrine. Autour du cou, il avait une minerve fermée par des élastiques verts et il portait un short noir et des sandales en plastique marron.

Il nous a vus arriver sur nos bicyclettes, mais il n'a pas bronché. Il devait nous prendre pour un mirage. Sur cette route, personne ne passait jamais, tout au plus quelque camion de foin.

Il y avait une puanteur de pisse. Et des millions de taons. Ils ne gênaient pas Melichetti. Ils se posaient sur sa tête et autour de ses yeux, comme sur les vaches. C'est seulement quand ils lui entraient dans la bouche qu'il soufflait.

Rackam s'est avancé. — Monsieur, on a soif. Vous auriez pas un peu d'eau ?

J'étais inquiet parce qu'un type comme Melichetti pouvait vous tirer dessus, vous jeter aux cochons, ou vous donner de l'eau empoisonnée. Papa m'avait raconté l'histoire d'un gars en Amérique qui avait un petit lac où il élevait des crocodiles, et si vous vous arrêtiez pour demander un renseignement, il vous faisait entrer chez lui, vous estourbissait et vous donnait à manger à ses crocodiles. Et à l'arrivée de la police, plutôt que d'aller en prison, il s'était fait déchiqueter. Melichetti pouvait très bien être un type de ce genre.

Le vieux a soulevé ses lunettes. — Qu'est-ce que vous faites là, les enfants ? Z'êtes pas un peu trop loin de chez vous ?

— Monsieur Melichetti, c'est vrai que vous avez donné votre basset à manger aux cochons ? a sorti Barbara.

J'ai cru que j'allais mourir. Rackam s'est retourné et l'a foudroyée d'un regard haineux. Salvatore lui a balancé un coup de pied au tibia.

Melichetti a éclaté de rire et il a eu une quinte de toux et il a même failli s'étrangler. Quand il s'est remis, il a dit : – Qui c'est qui te raconte ces bêtises, fillette ?

Barbara a indiqué Rackam. – Lui !

Rackam a rougi, il a baissé la tête et a regardé ses chaussures.

Moi je savais pourquoi Barbara l'avait dit.

Quelques jours plus tôt, il y avait eu un concours de lancer de pierres et Barbara avait perdu. En gage, Rackam l'avait obligée à déboutonner son chemisier et à nous montrer ses seins. Barbara avait onze ans. Elle avait un peu de poitrine, un soupçon, rien à voir avec celle qu'elle allait avoir d'ici quelques années. Elle avait refusé. « Si tu le fais pas, et si tu veux venir avec nous, t'oublie », l'avait menacée Rackam. Moi je me sentais mal à l'aise, ce gage était injuste. Je n'aimais pas Barbara, dès qu'elle le pouvait, elle essayait de vous entuber, mais montrer ses nichons, non, ça me semblait trop.

Rackam était décidé : — Ou tu nous les montres ou tu te tires.

Et Barbara, silencieuse, avait choisi de rester et avait déboutonné son chemisier.

Je n'avais pu m'empêcher de les regarder. C'étaient les premiers seins que je voyais de ma vie, si j'exclus ceux de maman. Une fois peut-être, quand elle était venue dormir à la maison, j'avais vu ceux de ma cousine Evelina, qui avait dix ans de plus que moi. En tout cas, je m'étais déjà fait une idée des nichons qui me plaisaient et ceux de Barbara ne me plaisaient pas du tout. On aurait dit de la mozzarella, des plis de peau, pas très différents des bourrelets de graisse qu'elle avait sur le ventre.

Barbara avait fait un nœud à son mouchoir pour ne jamais oublier cette histoire et maintenant elle voulait régler ses comptes avec Rackam.

— Comme ça, tu racontes que j'aurais donné mon basset à manger aux cochons. » Melichetti s'est gratté la poitrine. « Auguste, il s'appelait ce chien. Comme l'empereur romain. Il avait treize ans quand il est mort. Un os de poulet qui s'est planté dans sa gorge. Il a eu des funérailles chrétiennes avec une tombe grande comme ça. » Il a pointé le doigt contre Rackam. « Toi, gamin, je parie que t'es le plus grand, pas vrai ?

Rackam n'a pas répondu.

— Il faut jamais dire des mensonges. Et faut pas salir le nom des gens. Tu dois dire la vérité, surtout aux plus petits que toi. La vérité, toujours. Face aux hommes, à Dieu et à toi-même, t'as compris ? » On aurait dit un prêtre faisant un sermon.

— Et il pissait pas non plus dans la maison ?

Melichetti a tenté de faire non de la tête, mais la minerve l'en empêchait. – C'était un chien dressé. Un grand chasseur de rats. Paix à son âme. » Il a indiqué l'abreuvoir. « Si vous avez soif, y a de l'eau, là-bas. La meilleure de toute la région. Et c'est pas des blagues. »

Nous avons bu jusqu'à en exploser. Elle était fraîche et bonne. Puis on s'est mis à s'arroser et à passer la tête sous le robinet.

Rackam a dit que Melichetti n'était qu'un tas de merde. Et qu'il savait avec certitude que le vieux cinglé avait donné le basset à bouffer aux cochons.

Il a fixé Barbara et a dit : « Celle-là, tu vas

me la payer. » Il est parti en grommelant et s'est assis tout seul de l'autre côté de la route.

Salvatore, Remo et moi avons attrapé des têtards. Ma sœur et Barbara se sont perchées sur le rebord de l'abreuvoir et ont plongé leurs pieds dans l'eau.

Au bout de quelques minutes, Rackam est revenu, tout excité.

— Regardez ! Regardez comme elle est grande !

Nous nous sommes retournés. — Quoi ?

— Ça.

C'était une colline.

On aurait dit un panettone posé par un géant sur la plaine. Elle s'élevait face à nous à deux ou trois kilomètres. Dorée et immense. Le blé la recouvrait comme une fourrure. Il n'y avait pas un arbre, pas une pointe, pas une imperfection pour abîmer son profil. Le ciel, autour, était liquide et sale. Les autres collines, derrière, semblaient des naines comparées à cette coupole énorme.

Dieu sait pourquoi aucun de nous ne l'avait jamais remarquée jusqu'à présent. Nous l'avions vue, mais sans la voir vraiment. Peut-être parce qu'elle se confondait avec le paysage. Peut-être parce nous avions tous eu le regard pointé sur la route pour découvrir la ferme de Melichetti.

— On l'escalade. » Rackam l'a montrée du doigt. « On escalade cette montagne.

J'ai dit : — Va savoir ce qu'il y a là-haut.

Ça devait être un endroit incroyable, peut-être même qu'un animal étrange y vivait. Aucun de nous n'était jamais monté si haut.

Salvatore s'est protégé les yeux de la main et a scruté la cime. – Je parie que de là-haut on voit la mer. Oui, il faut qu'on l'escalade.

Nous sommes restés à la regarder. En silence.

Ça c'était une aventure, autre chose que les cochons de Melichetti.

— Et sur le sommet, on plante notre drapeau. Comme ça, si quelqu'un d'autre y monte, il comprendra qu'on l'a escaladée les premiers, ai-je fait.

— Quel drapeau ? On n'a pas de drapeau, a dit Salvatore.

— On a qu'à y mettre la poule.

Rackam a saisi le sac où était le volatile et s'est mis à le faire tourner en l'air. — Juste ! On lui tire le cou et puis on lui enfile un bâton dans le cul et on le plante par terre. Il restera son squelette. C'est moi qui la porte jusqu'en haut.

Une poule empalée, on pouvait prendre ça pour un signe de sorcières.

Mais Rackam a sorti son atout. — Tout droit, jusqu'en haut de la colline. Pas de virages. Interdit de se mettre en file indienne. Interdit de s'arrêter. Le dernier arrivé prend un gage.

Nous sommes restés sans voix.

Une course ? Pourquoi ?

C'était clair. Pour se venger de Barbara. Elle allait arriver la dernière et elle paierait.

J'ai pensé à ma sœur. J'ai dit qu'elle était trop petite pour la course, que c'était pas de jeu, qu'elle allait perdre.

Barbara a fait non du doigt. Elle avait compris la petite surprise que lui préparait Rackam.

— Ça a rien à voir ? Une course, c'est une course. Elle est venue avec nous. Sinon, elle attend en bas.

Impossible. Je ne pouvais laisser Maria. L'histoire des crocodiles me trottait dans la tête. Melichetti avait été sympa, mais il ne fallait pas trop s'y fier. S'il la tuait, que raconter à maman, après ?

— Si ma sœur reste, je reste aussi.

Maria s'y est mise elle aussi. – Je suis pas petite ! Je veux faire la course.

— Toi, tais-toi !

Rackam s'est chargé de résoudre le problème. Elle pouvait venir, mais elle ne faisait pas la course.

Nous avons jeté nos vélos derrière l'abreuvoir et nous sommes partis.

Voilà pourquoi je me trouvais sur cette colline.

J'ai remis sa chaussure à Maria.

— T'arrives à marcher ?

— Non. Ça me fait trop mal.

— Attends. » Je lui ai soufflé deux fois sur la jambe. Puis j'ai enfoncé mes mains dans la terre brûlante. J'en ai pris un peu, j'ai craché dessus et je la lui ai étalée sur la cheville. « Comme ça, ça va passer. » Je savais que ça ne faisait aucun effet. La terre était bonne pour les piqûres d'abeilles et les orties, pas pour les entorses, mais elle allait peut-être gober ça. « Ça va mieux ?

Elle s'est essuyé le nez sur son bras. — Un peu.

— T'arrives à marcher ?

— Oui.

Je l'ai prise par la main. — Alors on y va, allez, on est les derniers.

On s'est mis en chemin vers la cime. Toutes les cinq minutes, Maria devait s'asseoir pour laisser sa jambe reposer. Heureusement, un peu de vent s'est levé, qui a amélioré la situation. Il bruissait dans le blé, produisant un son pareil à une respiration. Soudain, j'ai cru apercevoir un animal passer près de nous. Noir, rapide, silencieux. Un loup ? Il n'y avait pas de loups dans notre région. Peut-être un renard ou un chien.

La montée était raide et n'en finissait pas. Devant les yeux, je n'avais que du blé, mais quand j'ai commencé à voir un croissant de ciel, j'ai compris qu'on y était presque, que la cime était là, et sans même nous en rendre compte, nous étions dessus.

Il n'y avait rien de spécial. Elle était couverte de blé comme tout le reste. Sous nos pieds, nous avions la même terre rouge et cuite. Au-dessus de nos têtes, le même soleil incandescent.

J'ai regardé l'horizon. Une brume laiteuse voilait les choses. La mer, on ne la voyait pas. En revanche, on voyait les autres collines, plus basses, et la ferme de Melichetti avec ses enclos à cochons et la crevasse et on voyait la route blanche qui coupait les champs, cette longue route que nous avions parcourue en bicyclette pour arriver jusque-là. Et, petit, tout petit, on voyait le hameau où nous habitions. Acqua Traverse. Quatre maisonnettes et une vieille villa de campagne dispersées dans le blé. Lucignano, le village voisin, était caché par la brume.

Ma sœur a dit : — Je veux regarder moi aussi. Fais-moi voir.

Je l'ai mise sur mes épaules, même si je ne tenais plus debout de fatigue. Allez savoir ce qu'elle voyait sans lunettes.

— Où ils sont, les autres ?

Sous leur passage, l'ordre des épis avait été bouleversé, des tiges étaient pliées en deux et certaines étaient brisées. Nous avons suivi les traces qui conduisaient vers l'autre versant de la colline.

Maria m'a serré la main et m'a planté ses ongles dans la peau. — C'est dégoûtant !

Je me suis retourné.

Ils l'avaient fait. Ils avaient empalé la poule. Elle était sur la pointe d'un roseau. Les pattes pendantes, les ailes déployées. Comme si avant de rendre son âme au Créateur, elle s'était abandonnée à ses bourreaux. Sa tête était penchée sur le côté, comme un horrible pendentif imbibé de sang. De son bec entrouvert coulaient de lourdes gouttes rouges. Et de sa poitrine sortait la pointe du roseau. Une nuée de mouches métallisées bourdonnait autour d'elle et s'agglutinait sur ses yeux, sur le sang.

Un frisson a remonté le long de mon dos.

Nous avons continué et après avoir franchi l'épine dorsale de la colline, nous avons entamé la descente.

Où diable étaient passés les autres ? Pourquoi être descendus de ce côté-là ?

Nous avons parcouru encore une vingtaine de mètres et nous avons compris.

La colline n'était pas ronde. Sur l'arrière, elle perdait son irréprochable perfection. Elle s'allongeait en une sorte de bosse qui s'abaissait en se tordant doucement pour aller s'unir à la plaine. Au milieu, il y avait une vallée étroite, fermée, invisible sauf de là en haut ou d'un avion.

Avec de la glaise, il serait très facile de modeler cette colline. Il suffit de faire une boule. De la couper en deux. De poser une moitié sur la table. Avec l'autre moitié, faire un boudin, une sorte de ver grassouillet, à coller sur l'arrière, en laissant au centre une petite cuvette.

La chose étrange, c'était qu'au centre de cette cuvette cachée, des arbres avaient poussé. A l'abri du vent et du soleil, il y avait un bosquet de chênes. Et une maison abandonnée, au toit effondré, aux tuiles marron et aux poutres sombres, pointait au milieu des feuillages verts.

Nous sommes descendus le long du sentier et avons pénétré dans la petite vallée.

C'était la dernière chose à laquelle je me serais attendu. Des arbres. De l'ombre. De la fraîcheur.

On n'entendait plus les grillons mais le gazouillis des oiseaux. Il y avait des cyclamens violets. Et des tapis de lierre vert. Et une bonne odeur. Ça donnait envie de dénicher un coin près d'un tronc et de piquer un roupillon.

Salvatore est apparu soudain, comme un fantôme. — T'as vu ? Génial !

— Super génial ! ai-je répondu en regardant autour de moi. Peut-être même qu'il y a un ruisseau où boire.

— Pourquoi t'as mis si longtemps ? J'ai cru que t'étais redescendu.

— Non, c'est ma sœur qu'avait mal au pied, alors... J'ai soif. Il faut que je boive.

Salvatore a sorti de son sac une bouteille. — Il en reste un peu.

Avec Maria, on se l'est partagée en gentils

frère et sœur. Ça suffisait à peine à nous humecter la bouche.

— Qui c'est qui a gagné ? » Je m'inquiétais à cause du gage. J'étais crevé. J'espérais que, pour une fois, Rackam ne me le donnerait pas ou le reporterait à un autre jour.

— Rackam.

— Et toi ?

— Deuxième. Après, il y a Remo.

— Barbara ?

— Dernière. Comme d'habitude.

— Le gage, qui c'est qui doit le faire ?

— Rackam dit que c'est Barbara. Mais Barbara dit que c'est toi parce que t'es arrivé le dernier.

— Et alors ?

— J'en sais rien, je suis allé faire un tour. C'est chiant, ces gages.

Nous nous sommes dirigés vers la maison.

Elle tenait debout comme par défi. Elle se dressait au centre d'une esplanade de terre abritée par les branches des chênes. De profondes fissures la traversaient des fondations jusqu'au toit. Des huisseries, il ne restait que des traces. Un figuier, tout noueux, avait poussé sur les escaliers qui conduisaient au balcon. Les racines avaient défoncé les marches en pierre et démoli le parapet. En haut, il y avait encore une vieille porte peinte en bleu, pourrie jusqu'à l'os et écaillée par le soleil. Au centre de la construction, un grand arc s'ouvrait sur une pièce avec un plafond voûté. Une écurie. Des étais rouillés et des poteaux en bois soutenaient le grenier qui s'était écroulé en plusieurs endroits. Par terre, il y avait du fumier séché, des cendres, des amas de briques et de gravats. Les murs avaient perdu une grande partie de leur crépi et dévoilaient leurs pierres posées à sec.

Rackam était assis sur un réservoir d'eau. Il balançait des cailloux contre un bidon rouillé et nous observait. — Eh ben, t'as fini par arriver », et il a ajouté : « Cet endroit, il est à moi.

— Comment ça, à toi ?

— A moi. Je l'ai vu en premier. Les choses sont à celui qui les voit en premier.

J'ai été poussé en avant et, pour un peu, j'atterrissais le nez par terre. Je me suis retourné.

Barbara, toute rouge, le tee-shirt sale, les cheveux ébouriffés, m'est tombée dessus, prête à se battre. — C'est à toi de t'y coller. T'es arrivé le dernier. T'as perdu !

J'ai mis mes poings en avant. — J'ai fait demi-tour. Sinon, j'arrivais troisième. Tu le sais.

— Et alors ? T'as perdu !

— C'est pour qui le gage ? ai-je demandé à Rackam. Pour moi ou pour elle ?

Il a pris son temps pour répondre, puis a indiqué Barbara.

— T'as vu ? T'as vu ? » J'ai adoré Rackam.

Barbara s'est mise à donner des coups de pied dans la poussière. — C'est pas juste ! C'est pas juste ! C'est toujours à moi ! Pourquoi c'est toujours à moi ?

Je ne le savais pas. Mais je savais qu'il y en a toujours un pour se ramasser toutes les merdes. En ce temps-là, c'était Barbara Mura, la grassouillette, c'était elle, l'agneau qui enlève les péchés.

J'étais désolé, mais heureux de ne pas être à sa place.

Barbara tournait en rond comme un rhinocéros.

— On n'a qu'à voter, alors ! C'est pas à lui de tout décider.

Vingt-deux ans après, je n'ai toujours pas compris comment elle faisait pour nous supporter. Sans doute la peur de rester seule.

— D'accord. On vote, a concédé Rackam. Moi je dis que c'est toi qui t'y colles.

— Moi aussi, ai-je dit.

— Moi aussi, a répété Maria, comme un perroquet.

Nous avons regardé Salvatore. Personne ne pouvait s'abstenir, quand on votait. C'était la règle.

— Moi aussi, a fait Salvatore, presque en murmurant.

— Vu ? Cinq contre un. T'as perdu. C'est toi qui t'y colles, a conclu Rackam.

Barbara a serré les lèvres et les poings, j'ai vu qu'elle déglutissait une espèce de balle de tennis. Elle a baissé la tête, mais n'a pas pleuré.

Je l'ai respectée.

— Qu'est-ce que... je dois faire ? a-t-elle balbutié.

Rackam s'est massé le cou. Son esprit de salaud s'est mis au travail.

Il a hésité un instant. — Tu dois nous... la faire voir... Tu dois nous la faire voir à tous.

Barbara a chancelé. — Qu'est-ce que je dois vous faire voir ?

— L'autre fois, tu nous as fait voir tes nichons. » Et, s'adressant à nous. « Cette fois, elle nous fait voir sa fente. Sa fente poilue. Tu baisses ta culotte et tu nous la fais voir. » Il a ricané, s'attendant à ce que nous en fassions autant, mais ce n'était pas le cas. Nous sommes restés de glace, comme si un vent du pôle Nord s'était soudain engouffré dans la vallée.

C'était un gage exagéré. Aucun d'entre nous n'avait envie de voir la fente de Barbara. C'était une punition pour nous aussi. Mon estomac s'est serré. J'aurais payé cher pour être loin. Il y avait quelque chose de sale, de... Je ne sais pas. De moche, voilà. Et ça me gênait que ma sœur soit là.

— Ça, pas question », a fait Barbara en secouant la tête. « J'en ai rien à fiche que tu me frappes.

Rackam s'est levé et s'est approché d'elle, les mains dans les poches. Entre ses dents, il serrait un épi de blé.

Il s'est planté devant elle. Il a tendu le cou. En réalité, il n'était pas beaucoup plus grand que Barbara. Et pas beaucoup plus fort non plus. Je n'aurais pas parié sur une victoire facile de Rackam s'il se battait avec Barbara. Si elle le jetait à terre et lui sautait dessus, elle pouvait même l'étouffer.

— T'as perdu. Maintenant, tu baisses ton pantalon. Ça t'apprendra à faire la conne.

— Non !

Rackam lui a balancé une gifle.

Barbara a ouvert grande la bouche, comme une truite, et elle s'est massé la joue. Elle ne pleurait pas encore. Elle s'est tournée vers nous.

— Et vous, vous dites rien ? a-t-elle gémi. Vous êtes comme lui !

Nous, motus.

— Bon, d'accord. Mais vous me verrez jamais plus. Je le jure sur la tête de ma mère.

— Qu'est-ce tu fais ? Tu chiales ? » Rackam s'amusait comme un petit fou.

— Non, je chiale pas, a-t-elle réussi à dire en retenant ses sanglots.

Elle avait un pantalon vert, en coton, avec des pièces marron aux genoux, de ceux qu'on achetait chez les fripiers. Il était trop serré pour elle et ses bourrelets retombaient sur la ceinture. Elle a ouvert la boucle et a commencé à se déboutonner.

J'ai entrevu sa culotte blanche à petites fleurs jaunes. — Attends ! Je suis arrivé le dernier, ai-je entendu dire ma voix.

Tous se sont tournés vers moi.

— C'est vrai. » J'ai dégluti. « C'est moi qui vais le faire.

— Quoi ? m'a demandé Remo.

— Le gage.

— Non. C'est à elle de le faire, m'a foudroyé Rackam. Toi, t'as rien à voir là-dedans. Ferme-la.

— Si, que j'ai à y voir au contraire. Je suis arrivé le dernier. C'est moi qui dois le faire.

— Non. C'est moi qui décide. » Rackam s'est approché de moi.

Mes jambes tremblaient, mais j'espérais que personne ne s'en apercevrait. — On refait le vote.

Salvatore s'est mis entre Rackam et moi. — On peut le refaire.

Entre nous, il existait des règles, et l'une de ces règles était qu'un vote pouvait se refaire.

J'ai levé la main. — C'est à moi d'avoir le gage.

Salvatore a levé la main. — C'est à Michele de l'avoir.

Barbara s'est reboutonnée et elle a sangloté. — C'est à lui. C'est juste.

Remo a soupiré. — C'est à Barbara de l'avoir.

— Qu'est-ce que je dois faire ? a demandé Maria.

Je lui ai fait signe que oui avec la tête.

— C'est à mon frère.

Et Salvatore a dit : — Quatre contre deux. C'est Michele qui l'emporte. C'est lui qui a le gage.

Arriver à l'étage supérieur de la maison n'a pas été simple.

L'escalier n'existait plus. Les marches

étaient réduites à un amas de blocs de pierre. Je réussissais à monter en m'agrippant aux branches du figuier. Les ronces me griffaient les bras et les jambes. Une épine m'avait écorché la joue droite.

Marcher sur le parapet, on n'en parlait même pas. S'il s'écroulait, je finissais en dessous, dans une forêt d'orties et de roses sauvages.

C'était le gage que je m'étais pris pour avoir joué au héros.

— Tu dois monter au premier étage. Entrer. Traverser toute la maison et, par la fenêtre du fond, sauter sur l'arbre et redescendre.

J'avais craint que Rackam m'oblige à montrer mon zizi ou à m'enfiler un bâton dans le cul, et, au lieu de ça, il avait choisi de me faire faire un truc dangereux, où je pouvais vraiment me blesser.

Tant mieux.

Je serrais les dents et avançais lentement sans me plaindre. Les autres étaient assis sous un chêne à jouir du spectacle de Michele Amitrano qui se rompait le cou.

De temps en temps me parvenait un conseil. — Passe par là. — Va tout droit. Par ici, c'est plein de piquants. — Bouffe une mûre, ça te fera du bien.

Je ne les écoutais pas.

J'étais sur la petite terrasse. Il y avait un espace étroit entre les ronces et le mur. Je m'y suis glissé et j'ai atteint la porte. Elle était bouclée par une chaîne, mais le cadenas, rongé par la rouille, n'était pas fermé. J'ai poussé le battant et, en un gémissement de ferraille, la porte s'est ouverte.

Un grand battement d'ailes. Des plumes. Une nuée de pigeons a pris son envol et est sortie par un trou dans le toit.

— Comment c'est? Comment c'est dedans? ai-je entendu Rackam me demander.

Je ne me suis pas donné la peine de répondre. Je suis entré, en faisant attention où je mettais les pieds.

C'était une grande pièce. Des tas de tuiles étaient tombées et une poutre pendouillait au milieu. Dans un coin, il y avait une cheminée, avec une hotte en forme de pyramide noircie par la fumée. Dans un autre coin, il y avait des meubles amassés. Une vieille cuisinière renversée et rouillée. Des bouteilles. Des tessons. Des tuiles. Un sommier défoncé. Tout était couvert de merdes de pigeon. Et il y avait une odeur forte, une puanteur âcre qui vous prenait au nez et à la gorge. Sur le sol en grès avait poussé une forêt de plantes sauvages et de mauvaises herbes. Au fond de la pièce, il y avait une porte peinte en rouge, fermée, qui donnait sûrement sur les autres pièces de la maison.

Je devais passer par là.

J'ai posé un pied, sous mes semelles les poutres craquaient et le sol ondulait. A cette époque-là, je pesais environ trente-cinq kilos. Plus ou moins comme une citerne d'eau. Je me suis demandé si une citerne d'eau, placée au milieu de cette pièce, défoncerait le sol. Mieux valait ne pas essayer.

Pour arriver à la porte suivante, il était plus prudent de marcher au ras des murs. En retenant mon souffle, sur la pointe des pieds comme une danseuse, j'ai suivi le périmètre de la pièce. Si le sol s'écroulait, j'atterrissais dans l'écurie, après un vol plané de quatre mètres. Un coup à se briser les os.

Mais ça n'est pas arrivé.

Dans la pièce d'après, plus ou moins grande comme la cuisine, il n'y avait plus de sol du tout. Sur les côtés, il s'était effondré et seule une espèce de pont unissait ma porte à celle de l'autre côté. Des six poutres qui soutenaient le sol, il n'en était resté que deux saines, au milieu. Les autres étaient des moignons rongés par les vers.

Je ne pouvais pas suivre les murs. Il me fallait franchir ce pont. Les poutres qui le soutenaient ne devaient guère être en meilleure condition que les autres.

Je me suis paralysé sous le chambranle de la porte. Impensable de faire marche arrière. Ils se seraient foutus de moi jusqu'à ma mort. Et si je me jetais en bas ? Tout à coup, ces quatre mètres qui me séparaient de l'écurie ne me paraissaient plus si hauts. Je pouvais dire aux autres qu'il était impossible d'arriver jusqu'à la fenêtre.

Parfois, le cerveau vous joue de sales tours.

Environ dix ans plus tard, il se trouve que j'étais allé skier au Gran Sasso. Ça n'était pas le bon jour, il neigeait, il faisait un froid polaire, il soufflait un vent glacial qui vous gelait les oreilles et il y avait du brouillard. J'avais dix-neuf ans et je n'étais allé au ski qu'une seule et unique fois. J'étais super excité et je me fichais éperdument que tout le monde me dise que c'était dangereux, moi je voulais skier. Je suis monté sur le télésiège, emmitouflé comme un Esquimau, et je suis parti pour les pistes.

Le vent était si fort que le moteur de l'installation se bloquait automatiquement et ne redémarrait que lorsque les rafales faiblissaient. Mon siège parcourait dix mètres puis s'immobilisait un quart d'heure puis quarante autres mètres et vingt minutes d'arrêt. Et ainsi de suite, à l'infini. J'en devenais fou. Pour ce que je pouvais en voir, le télésiège était vide. Petit à petit, j'ai cessé de sentir la pointe de mes pieds, mes oreilles, les doigts de mes mains. J'essayais de balayer la neige sur moi, mais c'était peine perdue, elle tombait, silencieuse, légère et incessante. A un moment donné, j'ai commencé à m'assoupir, à raisonner plus lentement, je me suis fait violence et me suis dit que si je m'endormais, j'allais mourir. J'ai hurlé, j'ai demandé de l'aide. Le vent m'a répondu. J'ai regardé en bas. J'étais juste au-dessus d'une piste. Suspendu à une dizaine de mètres de la neige. J'ai repensé à l'histoire de cet aviateur qui pendant la guerre s'était éjecté de son avion en flammes et dont le parachute ne s'était pas ouvert et qui n'était pas mort, sauvé par la neige moelleuse. Dix mètres, ça n'était pas beaucoup. Si je sautais bien, si je ne me raidissais pas, je ne me faisais rien, le parachutiste ne s'était rien fait. Une partie de mon cerveau me répétait de façon obsessionnelle « Saute ! Saute ! Saute ! ». J'ai soulevé la barre de sécurité. Et j'ai commencé à me balancer. Heureusement, à ce moment-là, le télésiège s'est remis en marche et j'ai repris conscience. J'ai abaissé la barre. C'était très haut, au minimum je me cassais les jambes.

Dans cette maison j'éprouvais la même chose. Je voulais me jeter en bas. Puis je me suis rappelé avoir lu dans un livre de Salvatore que les lézards peuvent grimper aux murs parce qu'ils ont une parfaite distribution du poids. Ils le répartissent sur les pattes, le ventre, la queue, les hommes en revanche ont tout sur les pieds et c'est pour ça qu'ils s'enfoncent dans les sables mouvants.

Voilà, c'était ça que je devais faire.

Je me suis agenouillé, me suis allongé et j'ai commencé à ramper. A chacun de mes mouvements, des gravats et des carreaux tombaient. Léger, léger comme un lézard, je me répétais. Je sentais les poutres trembler. J'ai mis cinq bonnes minutes, mais je suis arrivé sain et sauf de l'autre côté.

J'ai poussé la porte. C'était la dernière. Au fond, il y avait la fenêtre qui donnait sur la cour. Une longue branche s'insinuait jusque dans la maison. J'avais réussi. Ici aussi, le sol avait cédé, mais rien que sur une moitié. L'autre résistait. J'ai utilisé la bonne vieille technique de la marche le dos collé au mur.

En dessous, je voyais une pièce dans la pénombre. Il y avait les restes d'un feu, des boîtes ouvertes de tomates pelées et des paquets de pâtes vides. Quelqu'un avait dû passer par là il n'y avait pas très longtemps.

Je suis arrivé à la fenêtre sans encombre. J'ai regardé en bas.

Il y avait une petite cour entourée d'une rangée de ronces et, par-derrière, les arbres qui pressaient. A terre, il y avait un lavoir en ciment lézardé, le bras rouillé d'une grue, des tas de gravats recouverts de lierre, une bouteille de gaz et un matelas.

La branche sur laquelle je devais grimper était proche, à moins d'un mètre. Pas assez cependant pour pouvoir l'atteindre sans faire un bond. Elle était grosse et sinueuse comme un anaconda. Elle s'étirait sur plus de cinq mètres. Elle me soutiendrait. Arrivé au bout, je trouverais le moyen de descendre.

Je me suis mis debout sur le rebord de la fenêtre, j'ai fait le signe de la croix et je me suis élancé les bras en avant comme un gibbon dans la forêt amazonienne. J'ai atterri le ventre sur la branche, j'ai essayé de m'y accrocher mais elle était grande. Je me suis servi de mes jambes mais il n'y avait pas d'appuis. J'ai commencé à glisser. J'essayais de m'agripper à l'écorce.

Le salut se trouvait en face de moi. Une branche plus petite était là à quelques dizaines de centimètres.

Je me suis concentré et d'un coup de reins je l'ai saisie de mes deux mains.

Elle était sèche. Elle s'est cassée.

Je me suis effondré sur le dos. Immobile, les yeux fermés, j'étais sûr de m'être brisé les os du cou. Je ne sentais aucune douleur. Je restais là, étendu, la branche entre les mains, essayant de comprendre pourquoi je ne souffrais pas. Peut-être que j'étais devenu un paralytique qui même si vous lui éteignez votre cigarette sur le bras ou lui plantez une fourchette dans la cuisse ne sent rien.

J'ai ouvert les yeux. Je suis resté à fixer l'immense ombrelle verte du chêne qui planait au-dessus de moi. Le scintillement du soleil à travers les feuilles. Je devais essayer de soulever la tête. Je l'ai soulevée.

J'ai jeté cette stupide branche. J'ai touché la terre de mes mains. Et j'ai découvert que j'étais sur une chose molle. Un matelas.

Je me suis revu qui dégringolais, volais et m'écrasais sans me faire mal. Il y avait eu un bruit mat et sourd au moment exact où j'avais atterri. Je l'avais entendu, je pouvais le jurer.

J'ai bougé les pieds et j'ai découvert que

sous les feuilles, les branchettes et la terre, il y avait une plaque ondulée, un petit toit en plastique transparent. Il avait été recouvert comme pour le cacher. Et ce vieux matelas était posé dessus.

C'était la plaque ondulée qui m'avait sauvé. Elle s'était pliée, absorbant ma chute.

Donc, dessous, ça devait être vide.

Sans doute une cachette secrète ou une galerie qui conduisait à une caverne remplie d'or et de pierres précieuses.

Je me suis mis à quatre pattes et j'ai poussé la plaque en avant.

Elle pesait lourd, mais, petit à petit, je l'ai déplacée un peu. Et une terrible puanteur de merde s'est dégagée.

J'étais tombé au-dessus d'un trou.

Il était sombre. Mais plus je déplaçais la plaque plus il s'éclairait. Les parois étaient en terre, creusées à coups de bêche. Les racines du chêne avaient été tranchées.

J'ai réussi à la pousser encore un peu. Le trou était large d'environ deux mètres et profond de deux mètres, deux mètres et demi.

Il était vide.

Non, il y avait quelque chose.

Un tas de chiffons en boule ?

Non...

Un animal ? Un chien ? Non...

Qu'est-ce que c'était ?

C'était sans poils...

blanc...

une jambe...

Une jambe !

J'ai fait un bond en arrière et j'ai failli me casser la figure.

Une jambe ?

J'ai retenu ma respiration et me suis approché un instant.

C'était une jambe.

Je me suis senti les oreilles bouillantes, la tête et les bras lourds.

J'allais m'évanouir.

Je me suis assis, j'ai fermé les yeux, appuyé mon front sur la main, respiré. J'avais envie de m'enfuir, de courir vers les autres. Mais je ne pouvais pas. Je devais d'abord regarder une autre fois.

Je me suis approché et j'ai avancé la tête.

C'était la jambe d'un enfant. Et un coude pointait des chiffons.

Au fond de ce trou il y avait un enfant.

Il était étendu sur le côté. La tête entre les jambes.

Il ne bougeait pas.

Il était mort.

Je suis resté à le regarder pendant je ne sais combien de temps. Il y avait un seau. Et une petite gamelle.

Peut-être qu'il dormait.

J'ai pris un petit caillou et l'ai lancé sur lui. Il l'a touché à la cuisse. Rien n'a bougé. Il était mort. Tout à fait mort. Un frisson m'a mordu la nuque. J'ai pris un autre caillou et je l'ai atteint au cou. J'ai eu l'impression qu'il bougeait. Un léger mouvement du bras.

— Où tu es ? Où tu es ? Où t'es passé, pédé ?

Les autres ! Rackam était en train de m'appeler.

J'ai attrapé la plaque et je l'ai tirée jusqu'à boucher le trou. Puis j'ai éparpillé dessus les feuilles et la terre et j'ai remis dessus le matelas.

— Où t'es, Michele ?

Je suis parti, mais d'abord je me suis retourné deux ou trois fois pour contrôler que chaque chose était à sa place.

Je pédalais sur le Clou.

Le soleil dans mon dos était une boule rouge et immense, et quand enfin il est passé dans le blé, il a disparu en laissant derrière lui une chose orange et violette.

Ils m'avaient demandé comment ça s'était passé dans la maison, si ç'avait été dangereux, si j'étais tombé, si j'avais vu des trucs bizarres, si j'en avais bavé pour sauter sur l'arbre. J'avais répondu par monosyllabes.

Nous avions fini par nous ennuyer et par prendre le chemin du retour. Un sentier partait de la vallée, traversait les champs ocre et rejoignait la route. Nous avions récupéré nos bicyclettes et nous pédalions en silence. Des nuées de moucherons voltigeaient autour de nous.

Je regardais Maria qui me suivait sur sa Graziella aux roues rongées par les pierres, Rackam, en tête, avec son écuyer Remo à côté de lui, Salvatore qui avançait en zigzaguant, Barbara sur sa Bianchi trop grande, et je pensais à l'enfant dans le trou.

Je ne dirais rien à personne.

« Les choses sont à celui qui les trouve en premier », avait décidé Rackam.

Si c'était ça, l'enfant au fond du trou était à moi.

Si je le disais à Rackam, comme toujours il s'attribuerait le mérite de la découverte. Il raconterait à tout le monde que c'était lui qui l'avait trouvé parce que c'était lui qui avait décidé de monter sur la colline.

Pas cette fois. C'était moi qui avais fait le gage, c'était moi qui étais tombé de l'arbre, et c'était moi qui l'avais trouvé.

Il n'était pas à Rackam. Ni à Barbara. Il n'était pas à Salvatore. Il était à moi. C'était ma découverte secrète.

J'ignorais si j'avais trouvé un mort ou un vivant. Peut-être que le bras n'avait pas bougé. Je me l'étais imaginé. Ou peut-être que c'étaient les contractions d'un cadavre. Comme ces guêpes qui, même si vous les coupez en deux avec les ciseaux, continuent à marcher, ou comme les poulets qui, même sans tête, battent des ailes. Mais qu'est-ce qu'il faisait là-dedans ?

— Qu'est-ce qu'on va dire à maman ?

Je ne m'étais pas aperçu que ma sœur pédalait à côté de moi. — Quoi ?

— Qu'est-ce qu'on va dire à maman ?

— Je sais pas.

— Tu lui dis toi, pour les lunettes ?

— Oui mais faut pas lui dire où on est allés. Si elle l'apprend, elle va dire que les lunettes, on les a cassées parce qu'on est montés là-haut.

— D'accord.

— Jure-le-moi.

— Je te le jure. » Elle a embrassé ses index.

Aujourd'hui, Acqua Traverse fait partie de la commune de Lucignano. Au milieu des années quatre-vingt, un géomètre a construit deux longs lotissements de villas en béton armé. Des cubes aux fenêtres circulaires, aux balustrades bleues et aux baguettes en acier dépassant du toit. Puis un supermarché et un bar-tabac se sont installés. Et il y a eu une route goudronnée à deux voies filant droit comme une piste d'atterrissage jusqu'à Lucignano.

En 1978, Acqua Traverse était en revanche si petit que ce n'était rien. Un hameau rustique, dirait-on aujourd'hui dans une revue de voyages.

Personne ne savait pourquoi ce lieu s'appelait ainsi, même pas le vieux Tronca. De l'eau, il n'y en avait pas, à part celle que livrait le camion-citerne toutes les deux semaines.

Il y avait la villa de Salvatore, qu'on appelait le Palais. Une grande maison du dix-neuvième, longue et grise, avec un grand portique en pierre et une cour intérieure avec un palmier. Et quatre autres maisons. Ce n'est pas une façon de parler. Quatre maisons en tout. Quatre malheureuses maisons en pierre et en mortier, au toit en tuiles et aux petites fenêtres. La nôtre. Celle de la famille de Rackam. Celle de la famille de Remo qui la partageait avec le vieux Tronca. Tronca était sourd et sa femme était morte, et il vivait dans deux pièces qui donnaient sur le potager. Et il y avait la maison du père de Barbara, Pietro Mura. Angela, sa femme, avait en dessous son magasin où on pouvait acheter du pain, des pâtes et du savon. Et où on pouvait téléphoner.

Deux maisons d'un côté, deux de l'autre. Et une rue en terre battue et défoncée, au centre. Il n'y avait pas une place. Pas de ruelles. Malgré tout, il y avait deux bancs sous une pergola de vigne sauvage et une petite fontaine avec un robinet à clé pour ne pas gaspiller l'eau. Tout autour, les champs de blé.

La seule chose qu'avait gagnée cet endroit oublié de Dieu et des hommes, c'était une belle pancarte bleue avec, tracé en majuscules, ACQUA TRAVERSE.

— Papa est arrivé ! » a crié ma sœur. Elle a jeté son vélo et grimpé en courant les escaliers.

Devant notre maison, il y avait son camion, un Lupetto Fiat avec la bâche verte.

A cette époque, papa était routier et il

s'absentait pendant des semaines. Il prenait la marchandise et la conduisait au Nord.

Il avait promis qu'un jour il me conduirait moi aussi au Nord. Je n'arrivais pas très bien à m'imaginer ce Nord. Je savais que le Nord était riche et que le Sud était pauvre. Et nous, nous étions pauvres. Maman disait que si papa continuait à tant travailler, bientôt on ne serait plus pauvres, on serait des gens aisés. Et donc, nous ne devions pas nous plaindre si papa n'était pas là. Il le faisait pour nous.

Je suis entré dans la maison, tout essoufflé.

Papa était assis à la table en slip et tricot de peau. Il avait devant lui une bouteille de vin rouge et entre les lèvres une cigarette dans un fume-cigarette et ma sœur s'était perchée sur une de ses cuisses.

Maman, le dos tourné, cuisinait. Il y avait une odeur d'oignons et de sauce tomate. La télévision, une énorme Grundig en noir et blanc que papa avait ramenée quelques mois plus tôt, était allumée. Le ventilateur ronronnait.

— Michele, vous avez été où toute la journée? Votre mère était folle d'inquiétude. Vous pensez jamais à cette pauvre femme qui doit déjà attendre son mari et qui peut pas vous attendre vous aussi? Qu'est-ce qui est arrivé aux lunettes de ta sœur?

Il n'était pas en colère pour de vrai. Quand il se mettait vraiment en colère, ses yeux lui sortaient de la tête comme aux crapauds. Il était heureux d'être à la maison.

Ma sœur m'a regardé.

— On a construit une cabane au torrent – j'ai sorti les lunettes de ma poche –, et elles se sont cassées.

Il a soufflé un nuage de fumée. — Viens ici. Montre-moi ça.

Papa était un homme petit, maigre et nerveux. Quand il s'asseyait dans son camion, il disparaissait presque derrière le volant. Il avait les cheveux noirs, tirés en arrière avec de la brillantine. Une barbe rugueuse, blanche sur le menton. Il sentait la cigarette et l'eau de Cologne.

Je les lui ai données.

— Elles sont bonnes à jeter. » Il les a posées sur la table et a dit : « Plus de lunettes.

Ma sœur et moi nous sommes regardés.

— Et comment je vais faire? a demandé Maria, inquiète.

— Tu t'en passeras. Ça t'apprendra.

Ma sœur est restée sans voix.

— Elle peut pas. Elle y voit rien, suis-je intervenu.

— Et qu'est-ce que ça peut faire?

— Mais...

— Y a pas de mais. » Et il a dit à maman : « Teresa, donne-moi ce paquet qui est sur le buffet.

Maman le lui a apporté. Papa l'a déballé et a sorti un étui bleu, rigide et velouté.

— Tiens.

Maria l'a ouvert et dedans, il y avait une paire de lunettes avec la monture en plastique marron.

— Essaye-les.

Maria les a mises, mais elle continuait à caresser l'étui.

Maman lui a demandé : — Elles te plaisent ?

— Voui. Beaucoup. La boîte est super belle », et elle est allée se regarder dans la glace.

Papa s'est versé un autre verre de vin.

— Si tu casses aussi celles-là, la prochaine fois, je te laisse sans, compris ? » Puis il m'a pris par un bras. « Fais-moi sentir tes muscles.

J'ai plié le bras et je l'ai raidi.

Il m'a tâté le biceps. — J'ai pas l'impression que tu t'es amélioré. Tu les fais, tes pompes ?

— Oui.

Je détestais faire des pompes. Papa me disait d'en faire parce qu'il pensait que j'étais rachitique.

— C'est pas vrai, a dit Maria, il en fait pas.

— Des fois j'en fais. Presque toujours.

— Mets-toi là. » Je me suis assis moi aussi sur ses genoux et j'ai essayé de l'embrasser. « M'embrasse pas, t'es tout sale. Si tu veux embrasser ton père, faut te laver avant. Teresa, qu'est-ce qu'on fait, on les envoie au lit sans manger ?

Papa avait un beau sourire, les dents blanches, parfaites. Ni moi ni ma sœur n'en avons hérité.

Maman a répondu sans même se retourner.

— Ça leur ferait du bien ! Moi, j'en peux plus de ces deux-là. » Elle oui, elle était en colère.

— On va faire comme ça. S'ils veulent manger et avoir le cadeau que j'ai rapporté, Michele doit me battre au bras de fer. Sinon, au lit sans manger.

Il nous avait rapporté un cadeau !

— C'est ça, plaisante, toi, plaisante... » Maman était tellement contente, papa était à la maison. Quand papa partait, elle avait mal à l'estomac, et plus le temps passait et moins elle parlait. Au bout d'un mois, elle était complètement muette.

— Michele peut pas te battre. C'est pas de jeu, a dit Maria.

— Michele, montre à ta sœur ce que tu sais faire. Et écarte-moi ces jambes. Si t'es tout tordu, tu perds au départ et pas de cadeau.

Je me suis mis en position. J'ai serré les dents et la main de papa et j'ai poussé. Rien. Elle ne bougeait pas.

— Allez, qu'est-ce que t'as dans les bras, du fromage blanc ? T'es plus faible qu'un moucheron. Sors-la, cette force, nom de Dieu !

J'ai murmuré : — J'y arrive pas.

C'était comme plier une barre de fer.

— T'es une femmelette, Michele. Maria, aide-le, allez !

Ma sœur est montée sur la table et, à deux, en serrant les dents et en respirant par le nez, nous avons réussi à lui faire baisser le bras.

— Le cadeau ! Donne-nous le cadeau ! » Maria a sauté de la table.

Papa a pris une boîte en carton, bourrée de feuilles de journaux froissées en boule. Dedans il y avait le cadeau.

— Une barque ! j'ai dit.

— Non, c'est pas une barque, c'est une gondole, m'a expliqué papa.

— C'est quoi une gondole ?

— Les gondoles, c'est des barques vénitiennes. Où on utilise qu'une seule rame.

— C'est quoi une rame ? a demandé ma sœur.

— Un bâton pour faire avancer la barque.

Elle était très belle. Toute en plastique noir. Avec des petites parties en argent et au bout un petit bonhomme avec un tee-shirt rayé blanc et rouge et un chapeau de paille.

Mais on a appris qu'on ne pouvait pas la prendre. Elle était faite pour être posée sur la télé. Et entre le téléviseur et la gondole, il y aurait un petit napperon en dentelle blanche. Comme un petit lac. C'était pas un jouet. C'était une chose précieuse. Un bibelot.

— A qui le tour d'aller chercher l'eau ? On mange bientôt, nous a demandé maman.

Papa était devant la télé à regarder les informations.

Je mettais la table. — C'est à Maria. Hier, c'est moi qui y a été.

Maria était assise dans le fauteuil avec ses poupées. — J'ai pas envie, vas-y toi.

Aucun de nous deux n'aimait aller à la fontaine et nous y allions donc à tour de rôle, un jour chacun. Mais papa était rentré et pour ma sœur, cela signifiait que les règles n'étaient plus valables.

J'ai fait non avec le doigt. — C'est ton tour.

Maria a croisé les bras. — Eh ben, j'y vais pas.

— Pourquoi ?

— Parce que j'ai mal à la tête.

Chaque fois qu'elle n'avait pas envie de faire quelque chose, elle disait qu'elle avait mal à la tête. C'était son excuse préférée.

— C'est pas vrai, t'as pas mal, menteuse !

— Si, c'est vrai ! » Et elle s'est mise à se masser le front avec une expression douloureuse sur le visage.

J'avais envie de l'étrangler. — C'est son tour ! C'est à elle d'y aller !

Maman, agacée, m'a mis le broc en main. — Vas-y, Michele, tu es le plus grand. Ne fais pas tant d'histoires. » Elle a dit ça comme si c'était une chose de rien, sans importance.

Un sourire de triomphe s'est élargi sur les lèvres de ma sœur. — T'as vu ?

— C'est pas juste. Hier c'était moi. J'y vais pas.

Maman a dit sur ce ton âpre qu'elle prenait un instant avant de se mettre dans une colère noire : — Obéis, Michele.

— Non. » Je suis allé me plaindre auprès de papa. « Papa, c'est pas mon tour. Hier c'est moi qui y a été.

Il a détourné les yeux de la télévision et m'a

regardé comme si c'était la première fois qu'il me voyait, il s'est frotté la bouche et a dit : — Tu le connais le coup du soldat ?

— Non. C'est quoi ?

— Tu sais comment ils faisaient les soldats, pendant la guerre, pour savoir qui allait faire les missions mortelles ? » Il a pris dans sa poche une boîte d'allumettes et me l'a montrée.

— Non, je sais pas.

— On prend trois allumettes – il les a sorties de la boîte –, une pour toi, une pour moi et une pour ta sœur. Il y en a une à qui on coupe la tête. » Il en a pris une et l'a cassée, puis il les a toutes les trois serrées dans sa main et n'a fait dépasser que le bois. « Celui qui tire celle sans tête va chercher l'eau. Choisis-en une, allez.

J'en ai tiré une entière. J'ai sauté de joie.

— Maria, c'est à toi. Viens.

Ma sœur en a pris elle aussi une entière et a tapé dans ses mains.

— J'ai bien l'impression que c'est à moi d'y aller – papa a tiré celle qui était coupée.

Moi et Maria on s'est mis à rire et à hurler. — C'est toi ! C'est toi ! T'as perdu ! T'as perdu ! C'est ton tour d'aller chercher l'eau !

Papa s'est levé, un peu vexé. — Bon, quand je reviens, vous devez être lavés. Compris ?

— Si tu veux, j'y vais. Tu es crevé, a dit maman.

— Tu peux pas. C'est une mission mortelle. Et je dois prendre mes cigarettes dans le camion. » Il est sorti de la maison, le broc à la main.

Nous nous sommes lavés, nous avons mangé des pâtes à la tomate et de l'omelette et après avoir embrassé papa et maman, nous sommes allés au lit sans même insister pour regarder la télé.

Je me suis réveillé pendant la nuit. A cause d'un vilain rêve.

Jésus disait lève-toi et marche à Lazare. Mais Lazare se levait pas. Lève-toi et marche, répétait Jésus. Lazare en avait rien à faire de ressusciter. Jésus, qui ressemblait à Severino, celui qui conduit le camion-citerne de l'eau, se mettait en colère. C'était pas malin ! Quand Jésus te dit lève-toi et marche, tu dois le faire, surtout si tu es mort. Au lieu de ça, Lazare restait étendu, tout desséché. Alors Jésus le secouait comme un pantin et Lazare finissait par se lever et il lui plantait ses dents dans la gorge. Fous la paix aux morts, il disait, les lèvres barbouillées de sang.

J'ai écarquillé les yeux, tout en sueur.

Ces nuits-là, il faisait si chaud que si, par malheur, vous vous réveilliez, il était difficile de vous rendormir. Notre chambre, à moi et à ma sœur, était étroite et longue. Elle était prise sur un couloir. Les deux lits étaient mis en long, l'un après l'autre, sous la fenêtre. D'un côté il y avait le mur, de l'autre, une trentaine de centimètres pour se mouvoir Pour le reste, la pièce était blanche et dépouillée.

En hiver, il y faisait froid, en été, elle était irrespirable.

La chaleur accumulée de jour par les murs et le plafond était rejetée durant la nuit. Vous aviez la sensation que l'oreiller et le matelas en laine venaient de sortir du four.

Derrière mes pieds, je voyais la tête sombre de Maria. Elle dormait avec ses lunettes, le ventre à l'air, complètement abandonnée, les bras et les jambes écartées.

Elle disait que si elle se réveillait sans ses lunettes, elle prenait peur. En général, maman les lui enlevait dès qu'elle s'endormait, parce qu'elles lui laissaient des marques sur le visage.

Le tortillon antimoustiques sur le rebord de la fenêtre produisait une fumée dense et toxique qui trucidait les moustiques et ne devait pas nous faire beaucoup de bien à nous non plus. Mais à l'époque personne ne se souciait de ce genre de choses.

Attenante à notre chambre, il y avait la chambre de nos parents. J'entendais papa ronfler. Le ventilateur qui soufflait. Le halètement de ma sœur. L'appel monotone d'une chouette. Le ronronnement du frigo. La puanteur d'égout qui sortait des cabinets.

Je me suis mis à genoux sur mon lit et me suis appuyé à la fenêtre pour prendre un peu d'air.

C'était la pleine lune. Elle était haute et lumineuse. On voyait loin, comme s'il faisait jour. Les champs paraissaient phosphorescents. L'air immobile. Les maisons sombres, silencieuses.

J'étais peut-être le seul à être réveillé dans tout Acqua Traverse. Ça m'a paru être une belle chose.

L'enfant était dans le trou.

Je me l'imaginais mort dans la terre. Des cafards, des punaises et des mille-pattes qui lui couraient dessus, sur la peau exsangue, et des vers qui sortaient de ses lèvres livides. Ses yeux ressemblaient à deux œufs durs.

Moi, un mort, je n'en avais jamais vu. Sauf ma grand-mère Giovanna. Sur son lit, les bras croisés, avec sa robe noire et ses chaussures. Son visage, on aurait dit du caoutchouc. Jaune comme de la cire. Papa m'a dit que je devais l'embrasser. Tout le monde pleurait. Papa me poussait. J'avais posé ma bouche sur sa joue froide. Elle sentait une odeur douceâtre et dégoûtante qui se mêlait à celle des cierges. Après, je m'étais lavé la bouche avec du savon.

Et si l'enfant était vivant ?

S'il voulait sortir et s'il griffait avec ses doigts les parois du trou et demandait de l'aide ? Si c'était un ogre qui l'avait pris ?

Je me suis penché dehors et au bout de la plaine, j'ai vu la colline. Elle semblait sortie du néant et elle se découpait, comme une île sur la mer, très haute et noire, avec son secret qui m'attendait.

— Michele, j'ai soif... » Maria s'est réveillée. « Tu me donnes un verre d'eau ? » Elle parlait les yeux fermés et se passait la langue sur les lèvres sèches.

— Attends... » Je me suis levé.

Je n'osais pas ouvrir la porte. Et si même Giovanna était à table avec le garçon du trou ? Et si elle me disait, viens, assieds-toi ici avec nous, on va manger ? Et si dans l'assiette il y avait la poule empalée ?

Personne. Un rayon de lune tombait sur le vieux divan à fleurs, sur le buffet aux assiettes blanches, sur le sol en grès blanc et noir et se glissait dans la chambre de papa et maman, grimpant sur le lit. J'ai vu les pieds, entremêlés. J'ai ouvert le frigo et j'ai sorti le pot d'eau fraîche. Je l'ai appliqué contre moi, puis j'ai rempli un verre pour ma sœur qui l'a bu d'un trait. — Merci.

— Dors maintenant.

— Pourquoi t'as fait le gage à la place de Barbara ?

— Je sais pas...

— T'avais pas envie qu'elle baisse sa culotte ?

— Non.

— Et si ç'avait à moi de le faire ?

— Quoi ?

— Baisser ma culotte. Tu le faisais aussi pour moi ?

— Oui.

— Bonne nuit, alors. J'enlève mes lunettes. » Elle les a rangées dans leur étui et s'est pelotonnée contre son oreiller.

— Bonne nuit.

Je suis resté longtemps les yeux pointés au plafond avant de me rendormir.

Papa ne repartait pas.

Il était revenu pour rester. Il avait dit à maman qu'il ne voulait plus voir l'autoroute pendant un bon bout de temps et qu'il allait s'occuper de nous.

Peut-être, un de ces jours, il allait nous emmener à la mer nous baigner.

2.

Quand je me suis réveillé, maman et papa dormaient encore. J'ai avalé mon lait et mon pain avec de la confiture, je suis sorti et j'ai pris ma bicyclette.

— Où tu vas ?

Maria était sur les escaliers de la maison, en culotte, et elle me regardait.

— Faire un tour.

— Où ?

— Je sais pas.

— Je veux venir avec toi.

— Non.

— Moi je sais où tu vas... Tu vas sur la montagne.

— Non, j'y vais pas. Si papa ou maman te demandent quelque chose, dis-leur que je suis allé faire un tour et que je reviens tout de suite.

Un autre jour de feu.

A huit heures du matin, le soleil était encore bas, mais il commençait déjà à rôtir la plaine. Je parcourais la route que nous avions faite l'après-midi précédent et je ne pensais à rien, je pédalais au milieu de la poussière et des insectes et je cherchais à arriver vite. J'ai pris la route des champs, celle qui longeait la colline et rejoignait la vallée. De temps en temps, des pies s'envolaient du blé, avec leur queue blanc et noir. Elles se poursuivaient, se disputaient, s'insultaient de leurs vilains cris aigus. Un faucon planait, immobile, porté par les courants chauds. Et j'ai vu aussi un lièvre roux aux oreilles longues détaler devant moi. J'avançais à grand-peine, j'appuyais sur les pédales, mes roues glissaient sur les cailloux et les mottes de terre arides. Plus je m'approchais de la maison, plus la colline jaune grandissait face à moi, plus un poids m'écrasait la poitrine, me coupant le souffle.

Et si j'arrivais là-haut et que j'y trouve des sorcières ou un ogre ?

Je savais que les sorcières se réunissaient la nuit dans les maisons abandonnées et qu'elles donnaient des fêtes et que si on y participait on devenait fou et que les ogres mangeaient les enfants.

Je devais faire gafffe. Si un ogre m'attrapait, il me jetait moi aussi dans un trou et il me mangeait par petits morceaux. D'abord un bras, puis une jambe, et ainsi de suite. Et plus personne ne savait plus rien. Mes parents pleureraient, désespérés. Et tout le monde dirait : « Michele était si gentil, c'est si triste. » Mon oncle, ma tante et ma cousine Evelina viendraient, dans leur Giulietta bleue. Rackam ne pleurerait pas, tu parles, pas plus que Barbara. Ma sœur et Salvatore, si.

Je ne voulais pas mourir. Même si j'aimerais bien aller à mon enterrement.

Je devais pas aller là-haut. J'étais devenu dingue ou quoi ?

J'ai fait faire demi-tour à mon vélo et je me suis dirigé vers la maison. Au bout d'une centaine de mètres, j'ai freiné.

Qu'aurait fait Tiger Jack à ma place ?

Il rebroussait pas chemin même si le Grand Manitou en personne le lui ordonnait.

Tiger Jack.

Voilà quelqu'un de sérieux. Tiger Jack, l'ami indien de Tex Willer.

Et Tiger Jack, sur cette colline, il y montait même s'il y avait le congrès international de tous les bandits, les sorcières et les ogres de la planète, parce que c'était un Indien Navajo et qu'il était intrepide et invisible et silencieux comme un puma et qu'il savait grimper et qu'il savait attendre et puis frapper ses ennemis avec son poignard.

Moi je suis Tiger, ou mieux, je suis le fils italien de Tiger, je me suis dit.

Dommage de pas avoir un poignard, un arc ou une Winchester.

J'ai caché ma bicyclette, comme aurait fait Tiger avec son cheval, je me suis glissé dans le blé et j'ai avancé à quatre pattes, jusqu'à ce que je sente mes jambes dures comme du bois et mes bras endoloris. Alors je me suis mis à sautiller comme un faisan, en regardant à ma droite et à ma gauche.

Arrivé dans la vallée, je suis resté quelques minutes à reprendre mon souffle, affalé contre un tronc. Puis je suis passé d'un arbre à l'autre, comme une ombre sioux. Les oreilles dressées vers toute voix ou bruit suspect. Mais je n'entendais que mon sang battre à mes tympans.

Tapi derrière un buisson, j'ai épié la maison.

Elle était silencieuse et tranquille. Rien ne semblait changé. Si les sorcières étaient passées, elles avaient remis tout bien en place.

Je me suis glissé entre les ronces et me suis retrouvé dans la cour.

Caché sous la plaque et le matelas, il y avait le trou.

Je l'avais pas rêvé.

J'y voyais mal. Il était sombre et plein de mouches et il s'en dégageait une puanteur écœurante.

Je me suis agenouillé sur le bord.

— T'es vivant ?

Rien.

— T'es vivant ? Tu m'entends ?

J'ai attendu, puis j'ai pris un caillou et je le lui ai lancé. Il l'a touché au pied. Un pied maigre et fin et avec des orteils noirs. Un pied qui n'a pas bougé d'un millimètre.

Il était mort. Et il se relèverait de là-dedans seulement si Jésus en personne le lui ordonnait.

J'ai eu la chair de poule.

Les chiens et les chats morts ne m'avaient jamais vraiment impressionné. Le poil cache la mort. Ce cadavre, en revanche, si blanc, un bras jeté d'un côté, la tête contre la paroi, ça me faisait horreur. Il y avait pas de sang, rien. Juste un corps sans vie dans un trou perdu.

Il n'avait plus rien d'humain.

Je devais voir son visage. Le visage, c'est la chose la plus importante. Par le visage, on comprend tout.

Mais descendre là-dedans me faisait peur. Je pouvais le retourner avec un bâton. Il fallait un beau bâton, bien long. Je suis entré dans l'écurie et là, j'ai trouvé un pieu, mais il était court. Je suis revenu sur mes pas. Sur la cour donnait une petite porte fermée à clé. J'ai essayé de la pousser, mais même si elle était en mauvais état, elle résistait. Au-dessus de la porte, il y avait une lucarne. J'ai grimpé en prenant appui sur les montants et, la tête la première, je me suis faufilé à l'intérieur. Avec quelques kilos en plus ou le cul de Barbara, je passais pas.

Je me suis retrouvé dans la pièce que j'avais vue en traversant le pont. Il y avait les paquets de pâtes. Les boîtes de tomates pelées ouvertes. Des canettes de bière vides. Les restes d'un feu. Des journaux. Un matelas. Un bidon plein d'eau. Un panier. J'ai eu la même sensation que la veille, quelqu'un venait ici. Cette pièce n'était pas abandonnée comme le reste de la maison.

Sous une couverture grise, il y avait une grosse boîte. Dedans, j'ai trouvé une corde qui se terminait par un crochet en fer.

Avec ça, je peux descendre, j'ai pensé.

Je l'ai prise et l'ai jetée par la lucarne et je suis sorti.

Par terre, il y avait le bras rouillé d'une

grue. J'y ai attaché la corde. Mais j'avais peur qu'elle lâche et que je reste dans le trou avec le mort. J'ai fait trois nœuds, comme ceux que papa faisait à la bâche de son camion. J'ai tiré de toutes mes forces, elle résistait. Alors je l'ai jetée dans le trou.

— Moi, j'ai peur de rien », j'ai susurré pour me donner du courage, mais mes jambes flageolaient et une voix dans mon cerveau me hurlait de ne pas y aller.

Les morts ne font rien, je me suis dit, j'ai fait le signe de croix et je suis descendu.

Dedans il faisait plus froid.

La peau du mort était sale, incrustée de boue et de merde. Il était nu. Grand comme moi, mais plus maigre. Il n'avait que la peau sur les os. Ses côtes étaient saillantes. Il devait avoir à peu près mon âge.

Je lui ai touché la main de la pointe de mon pied, mais elle est restée sans vie. J'ai soulevé la couverture qui lui couvrait les jambes. Autour de la cheville droite, il avait une grosse chaîne fermée par un cadenas. La peau était écorchée et rose. Un liquide transparent et épais suintait de sa chair et coulait sur les maillons rouillés de la chaîne attachée à un anneau enfoncé dans la terre.

Je voulais voir son visage. Mais je voulais pas toucher sa tête. Ça m'impressionnait.

A la fin, tout hésitant, j'ai allongé le bras et j'ai attrapé de deux doigts un pan de la couverture et j'étais en train d'essayer de la lui soulever du visage quand le mort a plié une jambe.

J'ai serré les poings et ouvert grande la bouche et la terreur m'a saisi les boules d'une main glacée.

Puis le mort a soulevé le buste comme s'il était vivant et, les yeux fermés, il a tendu les bras vers moi.

Mes cheveux se sont dressés sur ma tête, j'ai poussé un hurlement, j'ai fait un bond en arrière et j'ai trébuché dans le seau et la merde s'est renversée partout. J'ai atterri sur le dos en hurlant.

Le mort lui aussi s'est mis à hurler.

Je me suis débattu dans la merde. Puis finalement, en un sursaut désespéré, j'ai agrippé la corde et j'ai jailli hors de ce trou comme une puce affolée.

Je pédalais, je slalomais entre les trous et les nids-de-poule, au risque de me rompre le cou, mais je ne freinais pas. Mon cœur explosait, mes poumons brûlaient. J'ai roulé sur un dos-d'âne et je me suis retrouvé en l'air. J'ai mal atterri, j'ai laissé glisser un pied par terre et j'ai serré les freins, mais ça a été pire, la roue avant s'est bloquée et j'ai dérapé dans le fossé sur le bas-côté de la route. Je me suis remis debout, les jambes tremblantes, et je me suis regardé. Un genou écorché au sang, mon tee-shirt tout crotté de merde, une lanière en cuir de ma sandale arrachée.

Respire, je me suis dit.

Je respirais et je sentais mon cœur se calmer, mon souffle redevenir normal et soudain j'ai eu sommeil. Je me suis allongé. J'ai fermé les yeux. Sous mes paupières, c'était tout rouge. La peur était encore là, mais à peine une brûlure au creux de l'estomac. Le soleil réchauffait mes bras gelés. Les grillons me criaient aux oreilles. Mon genou me lançait.

Quand j'ai rouvert les yeux, des grosses fourmis noires me couraient dessus.

Combien de temps j'avais dormi? Ça pouvait être cinq minutes comme deux heures.

J'ai enfourché le Clou et j'ai repris le chemin de la maison. Tandis que je pédalais, je voyais l'enfant mort qui se soulevait et tendait les mains vers moi. Ce visage creusé, ces yeux clos, cette bouche ouverte ne cessaient de traverser mon esprit.

Maintenant tout ça me paraissait comme un rêve. Un cauchemar qui n'avait plus de force.

Il était vivant. Il avait fait semblant d'être mort. Pourquoi ?

Peut-être qu'il était malade. Peut-être que c'était un monstre.

Un loup-garou.

La nuit, il devenait un loup. Ils le gardaient enchaîné là parce qu'il était dangereux. J'avais vu à la télé un film sur un homme qui, les nuits de pleine lune, se transformait en loup et attaquait les gens. Les paysans préparaient un piège et le loup atterrissait dedans et un chasseur lui tirait dessus et le loup mourait et il redevenait homme. C'était le pharmacien. Et le chasseur était le fils du pharmacien.

Cet enfant, ils le gardaient enchaîné sous une plaque couverte de terre pour pas l'exposer aux rayons de la lune.

Les loups-garous, on peut pas les soigner. Pour les tuer, il faut une balle en argent.

Mais les loups-garous n'existaient pas.

« Arrête avec ces monstres, Michele. Les monstres existent pas. Les fantômes, les loups-garous, les sorcières, rien que des conneries pour faire peur aux grands benêts comme toi. C'est des hommes que tu dois avoir peur, pas des monstres », m'avait dit mon père un jour où je lui avais demandé si les monstres pouvaient respirer sous l'eau.

Mais s'ils l'avaient caché là, il devait y avoir une raison.

Papa allait tout m'expliquer.

— Papa ! Papa... » J'ai poussé la porte et me suis précipité à l'intérieur. « Papa ! Je dois te dire... » Le reste s'est éteint sur mes lèvres.

Il était dans son fauteuil, le journal entre les mains et il me regardait avec des yeux de crapaud. Les pires yeux de crapaud qu'il m'était donné de voir depuis le jour où j'avais bu l'eau de Lourdes en pensant que c'était de l'eau qui pique. Il a écrasé son mégot dans la tasse à café.

Maman était assise sur le divan en train de coudre, elle a levé la tête et l'a rebaissée.

Papa a pris de l'air par le nez et a dit : — Où t'étais passé toute la journée ? » Il m'a examiné de la tête aux pieds. « Mais tu t'es vu ? Dans quoi tu t'es roulé, bordel ? » Il a fait une grimace. « Dans la merde ? Tu pues comme un porc ! En plus, t'as bousillé tes sandales ! » Il a regardé sa montre. « Tu sais l'heure qu'il est ?

Je suis resté silencieux.

— Je vais te le dire, moi. Il est trois heures

vingt. On t'a pas vu pour manger à midi. Personne savait où tu étais. Je suis allé te chercher jusqu'à Lucignano. Hier, tu t'en es bien sorti, aujourd'hui non.

Quand il était fou de rage, papa ne hurlait pas, il parlait à voix basse. Ça me terrorisait. Aujourd'hui encore, je ne supporte pas les gens qui n'expulsent pas leur colère.

Il m'a indiqué la porte. — Si tu veux faire ce qui te plaît, vaut mieux que tu dégages. Je ne veux plus de toi. Va-t'en.

— Attends, je dois te dire un truc.

— Tu dois rien me dire, tu dois sortir par cette porte.

J'ai imploré. – Papa, c'est un truc important...

— Si tu t'en vas pas d'ici trois secondes, je me lève de ce fauteuil et je te botte le train jusqu'au panneau d'Acqua Traverse. » Et soudain il a haussé le ton. « Fous-moi le camp !

J'ai fait oui de la tête. J'avais envie de pleurer. Mes yeux se sont remplis de larmes, j'ai ouvert la porte et j'ai descendu les escaliers. Je suis remonté sur le Clou et j'ai pédalé jusqu'au torrent.

Le torrent était toujours à sec, sauf en hiver, quand il pleuvait beaucoup. Il sinuait au milieu des champs jaunes comme une longue couleuvre albinos. Un lit de cailloux blancs et pointus, de roches incandescentes et de touffes d'herbe. Après un tronçon escarpé, le torrent s'élargissait pour former un étang qui, en été, s'asséchait jusqu'à devenir une mare noire.

Le lac, on l'appelait.

Dedans, il n'y avait ni poissons, ni têtards, rien que des larves de moustiques et des insectes patineurs. Si vous y enfonciez les pieds, vous les retiriez recouverts d'une boue sombre et puante.

On allait là-bas pour le caroubier.

Il était grand, vieux et facile à grimper. Nous rêvions d'y construire une cabane. Avec la porte, le toit, l'échelle de corde et tout le bataclan. Mais nous n'avions jamais réussi à trouver les planches, les clous, le génie. Un jour, Rackam y avait coincé un sommier. Mais c'était très inconfortable. Ça griffait. Ça déchirait les habits. Et si on bougeait trop, on risquait de finir un étage plus bas.

Depuis quelque temps, plus personne ne montait sur le caroubier. Moi en revanche, je continuais à m'y plaire. Je me sentais bien là-haut à l'ombre, caché entre les feuilles. On voyait loin, c'était comme être au sommet du mât d'un navire. Acqua Traverse était une petite tache, un point perdu dans le blé. Et vous pouviez surveiller la route qui allait à Lucignano. De là, je voyais la bâche verte du camion de papa avant n'importe qui d'autre.

J'ai grimpé à mon poste habituel, à califourchon sur une grosse branche qui se ramifiait, et j'ai décidé qu'à la maison, j'y retournais plus.

Puisque papa voulait plus de moi, qu'il me détestait, je m'en fichais, je restais ici. Je pouvais vivre sans famille, comme les orphelins.

« Je veux plus de toi ! Va-t'en ! »

Bon d'accord, je me suis dit. Mais quand tu me verras pas revenir, tu te sentiras très mal. Alors tu te pointeras là en dessous pour me demander de revenir mais moi je reviendrai pas et tu me supplieras et moi je reviendrai pas et tu comprendras que tu t'es trompé et que ton fils revient plus jamais et vit sur le caroubier.

J'ai quitté mon tee-shirt, j'ai appuyé mon dos contre le bois, la tête dans les mains et j'ai regardé la colline de l'enfant. Elle était loin, au bout de la plaine, et le soleil se couchait à côté d'elle. C'était un disque orangé qui déteignait de rose sur les nuages et le ciel.

— Michele, descends !

Je me suis réveillé et j'ai ouvert les yeux.

Où j'étais ?

Il m'a fallu un bout de temps pour me rendre compte que j'étais perché sur le caroubier.

— Michele !

Sous l'arbre, sur sa Graziella, il y avait Maria. J'ai bâillé. — Qu'est-ce que tu veux ? » Je me suis étiré. J'avais le dos en compote.

Elle est descendue de sa bicyclette. — Maman elle a dit que tu dois rentrer à la maison.

J'ai remis mon tee-shirt. Il commençait à faire frais. — Non. Je reviens plus, dis-le-lui. Je reste ici !

— Maman elle a dit que le repas est prêt.

Il était tard. Il y avait encore un peu de lumière mais d'ici une demi-heure, la nuit serait tombée. Une chose qui ne me plaisait pas vraiment.

— Dis-lui que je suis plus leur fils et qu'ils ont plus qu'une fille.

Maria a froncé les sourcils. — Et t'es plus mon frère non plus ?

— Non.

— Alors j'ai la chambre pour moi toute seule et je peux prendre aussi toutes les BD ?

— Non, ça, ça a rien à voir.

— Maman elle a dit que si tu viens pas toi,

c'est elle qui vient te chercher à coups de bâton. » Elle m'a fait signe de descendre.

— M'en fiche. De toute façon, elle peut pas monter sur l'arbre.

— Si qu'elle peut. Maman, elle sait grimper.

— Et moi je lui balance des pierres.

Elle est remontée en selle. — Tu sais, elle va se fâcher.

— Papa, il est où ?

— Il est pas là.

— Où il est ?

— Il est sorti. Il rentre tard.

— Où il est allé ?

— J'en sais rien. Tu viens ?

J'avais une faim terrible. — Qu'est-ce qu'il y a à manger.

— De la purée et un œuf, elle a dit en s'éloignant.

De la purée et un œuf. J'adorais les deux. Surtout quand je les mélangeais et que ça devenait une bouillie délicieuse.

J'ai sauté en bas du caroubier. — Bon, d'accord, je viens, mais rien que pour ce soir.

Au dîner, personne ne parlait.

On aurait dit qu'il y avait un mort à la maison. Moi et ma sœur on mangeait assis à table.

Maman faisait la vaisselle. — Quand vous avez fini, au lit sans rechigner.

Maria a demandé : — Et la télé ?

— Pas question de télé. Votre père rentre bientôt et s'il vous trouve debout, c'est votre fête.

J'ai demandé. — Il est encore très en colère ?

— Oui.

— Qu'est-ce qu'il a dit ?

— Que si tu continues comme ça, l'année prochaine il te met chez les frères.

Dès que je faisais un truc pas bien, papa voulait m'envoyer chez les frères.

Salvatore et sa mère allaient parfois au monastère de San Biagio parce que son oncle y était frère gardien. Un jour, j'avais demandé à Salvatore comment c'était chez les frères.

— Merdique ! il avait répondu. T'es toute la journée à prier et le soir ils t'enferment dans une chambre et si t'as une envie terrible de faire pipi tu peux pas et ils te font mettre des sandales même s'il fait froid.

Moi je détestais les frères, mais je savais que je n'irais jamais parce que papa les détestait plus que moi et il disait que c'était des porcs.

J'ai mis mon assiette dans l'évier. — Papa, ça lui passe plus jamais ?

Maman a dit : — S'il te trouve couché, ça lui passe peut-être.

Maman ne s'asseyait jamais à table avec nous.

Elle nous servait et elle mangeait debout. Son assiette posée sur le frigo. Elle parlait peu, et restait debout. Elle était toujours debout. A cuisiner. A laver. A repasser. Si elle n'était pas debout, alors elle dormait. La télévision l'ennuyait. Quand elle était fatiguée, elle se jetait sur le lit et elle mourait.

A l'époque de cette histoire, maman avait trente-trois ans. Elle était encore belle. Elle avait de longs cheveux noirs qui lui arrivaient au milieu du dos et elle les portait dénoués. Elle avait des yeux sombres et grands comme des amandes, une bouche large, des dents fortes et blanches et un menton en pointe. Elle semblait être arabe. Elle était grande, plantureuse, elle avait une belle poitrine, la taille fine et un derrière qui donnait envie de le toucher et les hanches larges.

Quand on allait au marché de Lucignano, je voyais comment les hommes collaient leurs regards sur elle. Je voyais le marchand de légumes qui donnait un coup de coude au type de l'étal d'à côté et ils regardaient son derrière et puis ils levaient la tête au ciel. Moi, je la tenais par la main, je m'accrochais à sa jupe.

Elle est à moi, laissez-la tranquille, aurais-je voulu hurler.

— Teresa, tu fais venir les mauvaises pensées, lui disait Severino, celui qui conduisait le camion-citerne.

Maman, ces choses ne l'intéressaient pas. Elle ne les voyait pas. Ces œillades voraces glissaient sur elle. Ces coups d'œil dans son décolleté ne lui faisaient ni chaud ni froid.

Ce n'était pas une mijaurée.

A cause de la canicule, on étouffait. Nous étions au lit. Dans le noir.

— Tu connais un animal qui commence par un fruit ? m'a demandé Maria.

— Quoi ?

— Un animal qui commence pas un fruit.

J'ai réfléchi. — T'en connais un, toi ?

— Oui.

— Qui c'est qui te l'a dit ?

— Barbara.

Rien ne me venait. — Ça existe pas.

— Si, si, ça existe.

J'ai essayé. — Le poireau.

— C'est pas un animal. Ça marche pas.

J'avais la tête vide. Je me répétais tous les

fruits que je connaissais et j'attachais à la fin des bouts d'animaux et ça ne donnait rien du tout.

— Le pruneuil ?

— Non.

— Le poiranha ?

— Non.

— J'en sais rien. Je donne ma langue au chat. C'est quoi ?

— Je te le dis pas.

— Ah, si, tu dois me le dire maintenant.

— Bon, d'accord. Je te le dis. La murène.

Je me suis donné une tape sur le front. — C'est vrai ! La mûre-ène ! C'était super facile ! Quel crétin...

— Bonne nuit, m'a dit Maria.

— Bonne nuit, je lui ai répondu.

J'ai essayé de dormir, mais je n'avais pas sommeil, je me retournais dans mon lit.

Je me suis mis à la fenêtre. La lune n'était plus une boule parfaite et il y avait des étoiles de tous les côtés. Cette nuit, l'enfant ne pouvait pas se transformer en loup-garou. J'ai regardé vers la colline. Et pendant un instant, j'ai eu l'impression qu'une lueur scintillait au sommet.

Allez savoir ce qui se passait dans la maison abandonnée.

Peut-être qu'il y avait des sorcières, nues et vieilles, autour du trou en train de rire sans dents et peut-être qu'elles sortaient l'enfant du trou et le faisaient danser et lui tiraient le zizi. Peut-être qu'il y avait l'ogre et les romanichels qui le rôtissaient sur le gril.

Je ne serais jamais allé là-haut de nuit pour tout l'or du monde. J'aurais aimé me transformer en chauve-souris et voler au-dessus de la maison. Ou mettre l'armure antique que le papa de Salvatore avait dans l'entrée de chez eux et monter sur la colline. Avec ça sur le dos, les sorcières ne pouvaient rien me faire.

3.

Le matin je me suis réveillé tranquille, je n'avais pas fait de mauvais rêves. Je suis resté un peu au lit, les yeux fermés, à écouter les oiseaux. Puis j'ai commencé à revoir l'enfant qui se soulevait et tendait les bras.

— Au secours ! j'ai dit.

Quel imbécile ! C'est pour ça qu'il s'était levé. Il me demandait du secours et moi je m'étais enfui.

Je suis sorti de la chambre en slip. Papa était en train de visser la cafetière. Le père de Barbara était assis à table.

— Bonjour », a dit papa. Il n'était plus en colère.

— Salut Michele, a dit le père de Barbara. Comment tu vas ?

Pietro Mura était un homme petit et trapu, avec de grosses moustaches noires qui lui couvraient la bouche, et une grosse tête carrée. Il portait un complet noir à rayures blanches et en dessous un tricot de peau à trous. Pendant de nombreuses années, il avait été barbier à Lucignano, mais ses affaires n'avaient jamais bien marché et quand avait été ouvert un nouveau salon, avec manucure et coupes modernes, il avait fermé boutique et maintenant il était paysan. Mais à Acqua Traverse, on continuait à l'appeler le barbier.

Si on devait se faire couper les cheveux, on allait chez lui. Il vous faisait asseoir dans la cuisine, au soleil, à côté de la cage aux oiseaux, il ouvrait un tiroir et sortait un chiffon roulé, dans lequel il gardait ses peignes et ses ciseaux bien huilés.

Pietro Mura avait des doigts gros et courts comme des cigares toscans qui entraient à peine dans les ciseaux, et avant de commencer à couper, il écartait les lames et il vous les passait au-dessus de la tête, en avant et en arrière, à la manière d'un sourcier. Il disait que comme ça il sentait les pensées, si elles étaient bonnes ou mauvaises.

Et moi, quand il faisait ça, j'essayais de penser qu'à de belles choses comme les glaces, les étoiles filantes ou à combien j'aimais ma maman.

Il m'a regardé et a dit : — Alors, tu veux jouer au chevelu ?

J'ai fait signe que non de la tête.

Papa a versé le café dans les jolies tasses.

— Hier, il m'a foutu en rogne. S'il continue comme ça, je l'envoie chez les frères.

Le barbier m'a demandé : — Tu sais comment on leur coupe les cheveux, aux frères ?

— Avec un trou au centre.

— Exact. T'as intérêt à obéir, alors.

— Allez, habille-toi et prends ton petit déjeuner, m'a dit papa. Maman t'a laissé du pain et du lait.

— Elle est allée où ?

— A Lucignano, au marché.

— Papa, faut que je te dise un truc. Un truc important.

Il a enfilé sa veste. — Tu me le diras ce soir. Maintenant, je sors. Réveille ta sœur et réchauffe-lui son lait. » En une gorgée, il a fini son café.

Le barbier a bu le sien et ils sont sortis tous les deux de la maison.

Après avoir préparé le petit déjeuner de Maria, je suis descendu dans la rue.

Rackam et les autres jouaient au foot sous le soleil.

Togo, un petit bâtard blanc et noir, courait après la balle et se cognait dans leurs jambes.

Togo était apparu à Acqua Traverse au début de l'été et il avait été adopté par le village. Il avait élu domicile dans le hangar du père de Rackam. Tout le monde lui donnait des restes et il était devenu grassouillet avec un ventre rond comme un tambour. C'était un gentil petit chien, quand vous le caressiez ou le faisiez entrer chez vous, il était tout ému, il se couchait et il faisait pipi.

— Va dans les buts, m'a hurlé Salvatore.

J'y suis allé. Personne n'aimait faire le goal. Moi oui. Peut-être parce que j'étais meilleur avec les mains qu'avec les pieds. J'aimais sauter, plonger, me rouler dans la poussière. Arrêter les penaltys.

Les autres au contraire voulaient juste marquer des buts.

Ce matin-là j'en ai encaissé un tas. Le ballon m'échappait ou j'arrivais trop tard. J'étais distrait.

Salvatore s'est approché. — Michele, qu'est-ce que t'as ?

— Comment ça, qu'est-ce que j'ai ?

— Tu joues comme une savate.

Je me suis craché dans les mains, j'ai écarté

les bras et les jambes et j'ai plissé les yeux à la manière de Dino Zoff.

— Maintenant, je bloque. Je bloque tout.

Rackam a feinté Remo, il a tiré un boulet de canon tendu et central. Un ballon fort, mais facile, de ceux qu'on peut repousser du poing ou bien bloquer contre son ventre. J'ai essayé de l'attraper mais il m'a glissé des mains.

— Buuuut ! a hurlé Rackam, et il a levé un poing en l'air comme s'il avait marqué contre la Juventus.

La colline m'appelait. Je pouvais y aller. Papa et maman n'étaient pas là. Il me suffisait de rentrer avant le déjeuner.

— J'ai pas envie de jouer », j'ai dit, et je suis parti.

Salvatore m'a couru après. — Où tu vas ?

— Nulle part.

— On va faire un tour ?

— Après. Maintenant, j'ai un truc à faire.

Je m'étais enfui et j'avais tout laissé comme ça.

La plaque jetée d'un côté avec le matelas, le trou découvert et la corde qui pendait à l'intérieur.

Si les gardiens du trou étaient venus, ils

avaient vu que leur secret était découvert et ils allaient me le faire payer cher.

Et s'il n'y était plus ?

Je devais prendre mon courage à deux mains et regarder.

Je me suis penché.

Il était enroulé dans la couverture.

Je me suis éclairci la voix. — Salut... Salut... Salut... Je suis celui d'hier. Je suis descendu, tu te souviens ?

Aucune réponse.

— Tu m'entends ? T'es sourd ? » C'était une question stupide. « Tu te sens mal ? T'es vivant ?

Il a plié le bras, a levé une main et murmuré quelque chose.

— Quoi ? J'ai pas compris.

— Eau.

— De l'eau ? T'as soif?

Il a levé un bras.

— Attends.

Et où j'en trouvais, de l'eau ? Il y avait deux ou trois seaux de peinture, mais ils étaient vides. Dans le lavoir, il y en avait un peu, mais elle était verte et pullulait de larves de moustique.

Je me suis rappelé que quand j'étais entré à l'intérieur pour prendre la corde, j'avais vu un bidon plein d'eau.

— Je reviens tout de suite », je lui ai dit, et je me suis faufilé par la lucarne au-dessus de la porte.

Le bidon était plein à moitié, mais l'eau était limpide et n'avait pas d'odeur. Elle semblait bonne.

Dans un coin sombre, sur une poutre en bois, il y avait des bocaux, des restes de bougies, une marmite et des bouteilles vides. J'en ai pris une, j'ai fait deux pas et je me suis arrêté. Je suis revenu en arrière et j'ai pris à deux mains la marmite.

C'était une marmite basse, émaillée de blanc, aux poignées et rebord peints en bleu et avec autour, des pommes rouges dessinées et elle était pareille à celle qu'on avait à la maison. La nôtre, on l'avait achetée avec maman au marché de Lucignano, c'était Maria qui l'avait choisie parmi des tas de marmites disposées sur un étalage, parce qu'elle aimait bien les pommes.

Celle-ci semblait plus vieille. Elle avait été mal lavée, sur le fond il y avait encore des trucs collés. J'ai passé mon index dessus et je l'ai approché de mon nez.

Sauce tomate.

Je l'ai remise en place et j'ai rempli la bouteille d'eau et je l'ai fermée avec un bouchon de liège, j'ai pris le panier et je suis sorti.

J'ai pris la corde, j'y ai attaché le panier et j'ai posé la bouteille dedans.

— Je te la fais descendre », j'ai dit. « Prends-la.

La couverture sur lui, à tâtons, il a cherché la bouteille dans le panier, l'a débouchée et il a versé de l'eau dans la gamelle sans même en faire tomber une goutte, puis il l'a remise dans le panier et il a tiré un coup sec sur la corde.

Comme une chose qu'il faisait toujours, tous les jours. Comme je ne la reprenais pas, il a donné un second coup sec et il a grogné quelque chose, en colère.

Dès que je l'ai remontée, il a baissé la tête et sans soulever la gamelle, il s'est mis à boire à quatre pattes, comme un chien. Quand il a fini, il s'est recroquevillé dans un coin et n'a plus bougé.

Il était tard.

— Bon, ben... salut. » J'ai recouvert le trou et je suis parti.

Tandis que je pédalais vers Acqua Traverse, je pensais à la marmite que j'avais trouvée dans la ferme.

Je trouvais bizarre qu'elle soit pareille à la nôtre. Je sais pas, peut-être parce que Maria avait choisi celle-là parmi tant d'autres.

Comme si elle était spéciale, plus belle, avec ces pommes rouges.

Je suis arrivé à la maison juste à temps pour le repas.

— Allez, file te laver les mains », m'a dit papa. Il était assis à table à côté de ma sœur. Ils attendaient maman qui égouttait les pâtes.

J'ai couru à la salle de bains et je me suis frotté les mains avec du savon, je me suis fait la raie à droite et je les ai rejoints alors que maman remplissait nos assiettes de pâtes.

Elle n'utilisait pas la marmite avec les pommes. J'ai regardé la vaisselle mise à sécher sur l'évier, mais là non plus je ne l'ai pas vue. Elle devait être dans le buffet.

— D'ici deux ou trois jours, une personne va venir s'installer ici, a dit papa, la bouche pleine. Vous devez être sages. Pas de pleurs ni de cris. Me faites pas honte.

J'ai demandé : — C'est qui, cette personne ?

Il s'est servi un verre de vin. — Un ami à moi.

— Comment il s'appelle ? a demandé ma sœur.

— Sergio.

— Sergio, a répété Maria. Quel drôle de nom.

C'était la première fois que quelqu'un s'installait chez nous. A Noël, mon oncle et ma tante venaient mais ils ne restaient presque jamais dormir à la maison. Il n'y avait pas de place. J'ai demandé : — Et il reste beaucoup ?

Papa a de nouveau rempli son assiette. — Un peu.

Maman a posé devant nous la tranche de viande.

C'était mercredi. Et le mercredi était le jour de la tranche de viande.

La tranche de viande qui fait du bien et qui, ma sœur et moi, nous faisait vomir. Moi, cette semelle dure et insipide, au prix d'un énorme effort, je l'avalais, ma sœur non. Maria pouvait la mâcher pendant des heures jusqu'à ce que ça devienne une boule blanche et filandreuse qui gonflait dans sa bouche. Et lorsqu'elle n'en pouvait vraiment plus, elle la collait sous la table. Là, la viande fermentait. Maman n'y comprenait rien. « Mais d'où ça vient, cette puanteur ? Qu'est-ce que ça peut être ? » Jusqu'au jour où elle a sorti le tiroir des couverts et a trouvé toutes ces horribles boulettes collées sous les planches comme des nids de guêpes.

Mais maintenant le truc était découvert.

Maria a commencé à se plaindre. — J'en veux pas ! J'aime pas ça !

Maman s'est tout de suite mise en colère. — Maria, mange cette viande !

— Je peux pas ! Ça me donne mal à la tête, a dit ma sœur comme si on lui offrait du poison.

Maman lui a flanqué une gifle et Maria s'est mise à pleurnicher.

Elle va finir dans son lit, j'ai pensé.

Mais non, papa a pris son assiette et a regardé maman dans les yeux. — Laisse-la tranquille, Teresa. Elle mangera pas. Ça fait rien. Mets-la de côté.

Après le repas, mes parents sont allés faire la sieste. La maison était un four, mais ils réussissaient à dormir quand même.

C'était le bon moment pour chercher la marmite. J'ai ouvert le buffet et j'ai farfouillé parmi la vaisselle. J'ai regardé dans le grand tiroir où était rangé ce qui ne servait plus. Je suis sorti derrière la maison où il y avait le lavoir, le jardin et les fils avec le linge étendu. Quelquefois, maman faisait la vaisselle là et elle la laissait sécher au soleil.

Rien. La marmite avec les pommes avait disparu.

Nous étions sous la pergola en train de jouer à cracher dans l'océan en attendant que le soleil baisse un peu pour faire une partie de foot, quand j'ai vu papa qui descendait les escaliers, avec son pantalon du dimanche et une chemise propre. A la main, il serrait un sac bleu que j'avais jamais vu.

Maria et moi, on s'est levés et on l'a rejoint au moment où il montait dans son camion.

— Papa, papa, où tu vas ? Tu pars ? je lui ai demandé, accroché à la portière.

— On peut venir avec toi ? a imploré ma sœur.

Voilà ce qu'il nous fallait, une belle balade en camion. Tous les deux, nous n'avions pas oublié quand il nous avait emmenés manger des beignets et des gâteaux à la crème.

Il a mis le moteur en marche. — Désolé, les enfants. Pas aujourd'hui.

J'ai essayé de me glisser à l'intérieur de la cabine. — Mais t'avais dit que tu partais plus, que tu restais à la maison...

— Je reviens vite. Demain ou après-demain. Descendez, allez. » Il était pressé. Il avait aucune envie de discuter.

Ma sœur a tenté d'insister encore un peu. Moi pas. De toute façon, ça servait à rien.

Nous l'avons regardé s'éloigner dans la poussière, au volant de sa grosse boîte verte.

Je me suis réveillé pendant la nuit.

Et pas à cause d'un rêve. A cause d'un bruit.

Je suis resté ainsi, les yeux fermés, à écouter.

J'avais l'impression d'être à la mer. Je l'entendais. Sauf que c'était une mer en fer, un océan paresseux de boulons, de vis et de clous qui léchait la rive d'une plage. De lentes vagues de ferraille se brisaient en un puissant ressac qui couvrait et découvrait ses bords.

A ce son, se mêlaient les hurlements à la mort et les aboiements d'une meute de chiens, un chœur lugubre et dissonant qui n'atténuait pas le fracas du fer mais l'amplifiait.

J'ai regardé par la fenêtre. Une moissonneuse-batteuse roulait en ferraillant sur la crête d'une colline baignée par les rayons de la lune. Elle ressemblait à une gigantesque sauterelle en métal, avec deux petits yeux ronds et lumineux et une bouche large faite de lames et de pointes. Un insecte mécanique qui dévorait du blé et chiait de la paille. Elle travaillait de nuit parce que, de jour, il faisait trop chaud. C'était elle qui faisait le bruit de la mer.

Les hurlements à la mort, je savais d'où ils venaient.

Du chenil du père de Rackam. Italo Natale avait construit derrière chez lui une baraque en tôle où il gardait ses chiens de chasse. Ils étaient toujours là-dedans, été comme hiver, derrière un grillage métallique. Quand il leur apportait à manger le matin, ils aboyaient.

Cette nuit-là, allez savoir pourquoi, ils s'étaient mis à hurler à la mort tous en même temps.

J'ai regardé vers la colline.

Papa était là-haut. Il avait apporté la viande de ma sœur à l'enfant et c'était pour ça qu'il avait fait semblant de partir et qu'il avait un sac, pour la cacher dedans.

Avant le repas, j'avais ouvert le frigo et la tranche n'y était plus.

— Maman, elle est où la viande ?

Elle m'avait regardé, surprise. — Tu aimes ça, maintenant ?

— Oui.

— Y en a plus. Ton père l'a mangée.

C'était pas vrai. Il l'avait pris pour l'enfant.

Parce que l'enfant était mon frère.

Comme Nunzio Scardaccione, le frère aîné de Salvatore. Nunzio n'était pas un fou méchant, mais moi, je pouvais pas le regarder.

J'avais peur d'être emmêlé dans sa folie. Nunzio s'arrachait les cheveux et il les mangeait. Sur la tête, il avait plus que des trous et des croûtes et il bavait. Sa mère lui mettait un chapeau et des gants pour plus qu'il s'arrache les cheveux, mais il s'était mis à se mordre les bras au sang. A la fin, ils l'avaient pris et ils l'avaient emmené à l'asile. Moi j'avais été content.

Peut-être que l'enfant dans le trou était mon frère, et il était né fou comme Nunzio et papa l'avait caché là, pour pas qu'on ait peur moi et ma sœur. Pour pas faire peur aux enfants d'Acqua Traverse.

Peut-être que moi et lui on était jumeaux. On était grands pareil et on semblait avoir le même âge.

A notre naissance, maman nous avait pris tous les deux du berceau, elle s'était assise sur une chaise et elle nous avait mis le sein à la bouche pour nous donner le lait. Moi j'avais commencé à téter, mais lui, il lui avait mordu le bout, il avait essayé de le lui arracher, le sang et le lait coulaient de son téton et maman hurlait dans la maison : — Il est fou ! Il est fou ! Pino, emporte-le ! Emporte-le ! Tue-le, il est fou !

Papa l'avait fourré dans un sac et il l'avait

emmené sur la colline pour le tuer, il l'avait posé par terre, dans le blé, et il devait le poignarder mais il y était pas arrivé, c'était son fils malgré tout, et alors il avait creusé un trou, et il l'avait enchaîné dedans et il l'y avait élevé.

Maman ne savait pas qu'il était vivant.

Moi si.

4.

Je me suis réveillé. Je suis resté au lit tandis que le soleil commençait à s'enflammer. Puis, j'en ai eu assez de rester à attendre. Maman et Maria dormaient encore. Je me suis levé, me suis lavé les dents, j'ai rempli mon cartable de fromage et de pain et je suis sorti.

J'avais décidé que, de jour, sur la colline il n'y avait aucun danger, c'était la nuit que se passaient les choses horribles.

Ce matin-là, les nuages étaient apparus. Ils filaient vite sur un ciel délavé, projetant des taches sombres sur les champs de blé et ils tenaient serrée contre eux leur pluie, l'emportant Dieu sait où.

Je fonçais dans la campagne déserte, sur le Clou, droit vers la maison.

Si je trouvais dans le trou ne serait-ce qu'un petit bout de viande, ça voulait dire que cet enfant était mon frère.

J'étais presque arrivé quand à l'horizon s'est élevée une grande poussière rouge. Basse. Rapide. Un nuage qui avançait dans le blé. La poussière que peut faire une voiture sur une route de terre cuite par le soleil. Elle était loin mais n'allait pas tarder à me rattraper. J'entendais déjà le ronflement du moteur.

Elle arrivait de la maison abandonnée. Cette route ne conduisait que là. Une automobile a tourné lentement et s'est mise face à moi.

Je ne savais pas quoi faire. Si je rebroussais chemin, elle me rejoignait, si je continuais, elle me voyait. Je devais me décider vite, elle approchait. Si elle ne m'avait pas vu, c'était uniquement à cause du nuage de poussière rouge qu'elle soulevait.

J'ai tourné mon vélo et j'ai pédalé, essayant de m'éloigner le plus vite possible. Inutile. Plus j'appuyais sur les pédales, plus la bicyclette se bloquait, se déséquilibrait et refusait d'avancer. Je me retournais, et dans mon dos, la poussière grandissait.

Cache-toi, je me suis dit.

J'ai tourné le guidon, la bicyclette s'est cabrée sur un caillou et je me suis envolé les bras en croix dans le champ. La voiture était à moins de deux cents mètres.

Le Clou était au bord de la route. J'ai saisi la roue avant et l'ai traînée près de moi. Je me suis collé par terre. Sans respirer. Sans bouger un muscle. En demandant au Petit Jésus de ne pas être vu.

Le Petit Jésus m'a écouté.

Aplati au milieu des blés, avec les taons qui banquetaient sur ma peau et les mains enfoncées dans les mottes brûlantes, j'ai vu filer devant moi une 127 marron.

La 127 de Felice Natale.

Felice Natale était le frère aîné de Rackam. Et si Rackam était méchant, Felice l'était mille fois plus.

Felice avait vingt ans. Et quand il était à Acqua Traverse, la vie pour moi et les autres enfants était un enfer. Il nous battait, crevait notre ballon et nous volait nos affaires.

C'était un pauvre diable. Pas un copain. Pas une femme. Un type qui s'en prenait aux plus petits, une âme en peine. Et ça se comprenait. Personne à vingt ans ne peut vivre à Acqua Traverse, à moins de finir comme Nunzio Scardaccione, l'arracheur de cheveux. Felice était à Acqua Traverse comme un lion en cage. Il tournait en rond entre ces quatre maisons, furibond, énervé, prêt à vous tourmenter. Heureusement que de temps à autre il allait à Lucignano. Mais même là-bas, il ne s'était fait aucun ami. En sortant de l'école, je le voyais assis tout seul sur un banc de la place.

Cette année-là, la mode était aux pantalons pattes d'eph', aux tee-shirts moulants et colorés, aux peaux retournées, aux cheveux longs. Pas Felice. Les cheveux, il se les coupait court et il les tirait en arrière avec de la brillantine, il se rasait parfaitement et il s'habillait avec des vestes militaires et des treillis. Et il se nouait un foulard autour du cou. Il roulait dans cette 127, il aimait les armes et racontait qu'il avait été para à Pise et qu'il avait sauté des avions. Mais c'était pas vrai. On savait tous qu'il avait fait son service à Brindisi. Il avait le visage effilé d'un barracuda et des dents petites et séparées comme celles d'un crocodile à peine né. Une fois, il nous avait dit qu'elles étaient comme ça parce que c'étaient encore ses dents de lait. Elles n'étaient jamais tombées. S'il n'ouvrait pas le bec, c'était presque un beau garçon, mais s'il parlait, s'il riait, vous faisiez deux pas en arrière. Et s'il vous chopait à regarder ses dents, vous le sentiez passer.

Puis un jour béni, sans rien dire à personne, il était parti.

Si on demandait à Rackam où était allé son frère, il répondait : — Au Nord. Travailler.

Une réponse qui nous suffisait amplement.

Et là maintenant, il était réapparu comme une mauvaise herbe vénéneuse. Dans sa 127 couleur merde liquide. Et il descendait de la maison abandonnée.

C'était lui qui l'avait mis dans le trou, l'enfant. Voilà qui l'y avait mis.

Caché parmi les arbres, j'ai vérifié que dans la petite vallée il n'y avait plus personne.

Quand j'ai été sûr d'être seul, je suis sorti du bois et suis entré dans la maison en passant par l'habituelle lucarne. Outre les paquets de pâtes, les canettes de bière, la marmite avec les pommes, pai terre il y avait deux ou trois boîtes de thon ouvertes. Et, à côté, roulé, un sac de couchage militaire.

Felice. C'était le sien. Je l'imaginais enveloppé dans son sac, tout content, qui mangeait son thon.

J'ai rempli une bouteille d'eau, j'ai pris la corde dans la grosse boîte et je l'ai portée dehors, je l'ai attachée au bras de la grue, j'ai déplacé la plaque et le matelas et j'ai regardé en dessous.

Il était pelotonné comme un hérisson dans la couverture marron.

Je n'avais aucune envie de descendre là-dedans, mais je devais vérifier s'il y avait les restes de viande de ma sœur. Même si j'avais vu Felice débouler de la colline, je n'arrivais pas à m'ôter de la tête que cet enfant pouvait être mon frère.

J'ai sorti le fromage et lui ai demandé : – Je peux venir ? Je suis celui de l'eau. Tu te rappelles ? Je t'ai apporté à manger. Du pecorino. C'est bon le pecorino. Meilleur, mille fois meilleur que la viande. Si tu m'attaques pas, je te le donne.

Il n'a pas répondu.

— Alors, je peux descendre ?

Felice l'avait peut-être égorgé.

— Je te jette le pecorino. Prends-le. » Je le lui ai jeté.

Il est tombé près de lui.

Une main noire et rapide comme une tarentule est sortie de la couverture et s'est mise à tâtonner par terre jusqu'à ce qu'elle trouve le fromage, elle l'a attrapé et l'a fait disparaître. Tandis qu'il mangeait, ses jambes frémissaient, comme ces chiens bâtards qui trouvent un reste de viande après des jours de jeûne.

— J'ai aussi de l'eau... Je te l'apporte en bas ?

Il a fait un geste du bras.

Je suis descendu.

Dès qu'il m'a senti près de lui, il s'est blotti contre la paroi.

J'ai regardé autour de moi, il n'y avait aucune trace de la viande.

— Je te fais rien. T'as soif? » Je lui ai tendu la bouteille. « Bois, elle est bonne.

Il s'est assis sans s'enlever la couverture. On aurait dit un petit fantôme en haillons. Ses jambes maigres pointaient pareilles à deux bûchettes blanches et rabougries. L'une était attachée à la chaîne. Il a sorti un bras et m'a arraché la bouteille et, comme le fromage, elle a disparu sous la couverture.

Le fantôme a eu tout à coup un long nez de fourmilier. Il buvait.

Il l'a sifflée en vingt secondes. Et quand il a eu fini, il a même fait un rot.

— Comment tu t'appelles ? je lui ai demandé.

Il s'est recouché sans daigner répondre.

— Comment il s'appelle ton père ?

J'ai attendu. Rien.

— Mon père, il s'appelle Pino, et le tien? Le tien aussi, il s'appelle Pino ?

Il semblait endormi.

Je suis resté à le regarder, puis j'ai dit : — Felice ! Celui-là, tu le connais. Je l'ai vu. Il redescendait en voiture... » Je savais plus quoi dire. « Tu veux que je m'en vais ? Si tu veux, je m'en vais. » Rien. « Eh ben d'accord, je m'en vais. » J'ai attrapé la corde. « Bon, salut alors...

J'ai entendu un murmure, un soupir, quelque chose est sorti de la couverture.

Je me suis approché. — T'as parlé ?

Il a marmonné encore.

— Je comprends pas. Parle plus fort.

— Les ratons... ! il a hurlé.

J'ai sursauté. — Les ratons ? Qué ratons ?

Il a baissé la voix. — Les ratons laveurs...

— Les ratons laveurs ?

— Les ratons laveurs. Si tu laisses la fenêtre de la cuisine ouverte, les ratons laveurs ils entrent dedans et ils volent les gâteaux ou les biscuits, ça dépend de ce qu'on mange ce jour-là », il a dit, très sérieux. « Si toi, par exemple, tu laisses les ordures devant la maison, les ratons laveurs ils viennent la nuit et ils les mangent.

C'était comme une radio cassée qui recommençait soudain à émettre.

— C'est très important de bien fermer la

poubelle parce que sinon ils renversent tout par terre. On dirait des petits ours.

De quoi il parlait ? J'ai essayé de l'interrompre. — Des ours ? Y en a pas ici. Et y a pas de loups non plus. Des renards, oui. » Et puis je lui ai demandé : « Hier par hasard t'as pas mangé une tranche de viande ?

— Les ratons laveurs ils mordent parce qu'ils ont peur de l'homme.

Bon sang, c'était quoi ces ratons laveurs ? Et qu'est-ce qu'ils lavaient ? Le linge ? Et puis les animaux parlent que dans les fables. Ça me plaisait pas du tout cette histoire de ratons laveurs.

J'ai insisté. — Tu pourrais me dire, s'il te plaît, si hier soir t'as mangé une tranche de viande ? C'est super important.

Et lui m'a répondu : — Les ratons laveurs ils m'ont dit que toi t'as pas peur du seigneur des vers.

Une petite voix dans mon cerveau me disait que je ne devais pas rester à l'écouter, que je devais me sauver.

Je me suis agrippé à la corde, mais impossible de m'en aller, je continuais à le fixer, ensorcelé.

Il a insisté. — Toi t'as pas peur du seigneur des vers.

— Le seigneur des vers ? Et c'est qui ?

— Le seigneur des vers il dit : « Hé, petit con ! Je vais t'envoyer en bas la bouffe. Tu la prends et tu me redonnes le seau. Sinon je descends et je t'écrase comme un ver. Ouais, je t'écrase comme un ver. » Toi, t'es l'ange gardien ?

— Hein ?

— T'es l'ange gardien ?

J'ai balbutié. — Je... Je, non... Je suis pas l'ange gardien...

— C'est toi l'ange. T'as la même voix.

— Quel ange ?

— Celui qui parle, qui dit les choses.

— C'est pas les ratons laveurs qui parlent ? » J'étais incapable de trouver un sens à ce délire. « Tu m'as dit ça...

— Les ratons laveurs ils parlent, mais des fois ils disent des mensonges. L'ange il dit toujours la vérité. Toi t'es l'ange gardien. » Il a haussé la voix. « Tu peux bien me le dire, à moi.

Je me sentais faible. La puanteur de merde me bouchait la gorge, le nez, le cerveau. — Je suis pas un ange... Je suis Michele, Michele Amitrano. Je suis pas un... » j'ai murmuré, et je me suis appuyé contre la paroi et j'ai glissé par terre et lui il s'est levé, il a tendu les bras vers moi comme un lépreux qui demande la charité et il est resté soulevé quelques instants, puis il a fait un pas et il est tombé par terre, à genoux, sous la couverture, à mes pieds.

Il m'a touché un doigt en murmurant.

J'ai poussé un hurlement. Comme si j'avais été touché par une méduse dégoûtante, une araignée venimeuse. Avec cette petite main osseuse, avec ses ongles noirs, longs et tordus.

Il parlait trop doucement. — Quoi, qu'est-ce que t'as dit ?

— Qu'est-ce que j'ai dit ? Je suis mort ! il a répondu.

— Quoi ?

— Quoi ? Je suis mort ? Je suis mort ? Je suis mort. Quoi ?

— Parle plus fort. Plus fort... S'il te plaît...

Il a hurlé, d'un ton rauque, sans voix, crissant comme un ongle sur le tableau. — Je suis mort ? Je suis mort ? Je suis mort.

J'ai cherché la corde et je me suis hissé vers le haut, en donnant des coups de pieds et en faisant s'ébouler de la terre sur lui.

Mais lui continuait à hurler. — Je suis mort ? Je suis mort. Je suis mort ?

Je pédalais, poursuivi par les taons.

Et je jurais que jamais au grand jamais je retournerais sur cette colline. Jamais plus, on pouvait m'aveugler, je parlerais avec ce fou.

Bon sang, comment il fait pour croire qu'il est mort ?

Personne de vivant peut croire qu'il est mort. Quand on est mort, on est mort. Et on est au paradis. Ou au pire en enfer.

Et s'il avait raison ?

S'il était mort pour de vrai ? Si on l'avait ressuscité ? Mais qui ? Y a que Jésus-Christ qui peut vous ressusciter. Et personne d'autre. Et quand on se réveille, on le sait qu'on était mort ? On se souvient du paradis ? On se rappelle qui on était avant ? On devient fou parce qu'on a le cerveau tout pourri et on se met à parler des ratons laveurs.

C'était pas mon jumeau et même pas mon frère. Et papa avait rien à voir avec lui. Il y avait pas la viande. La marmite, c'était pas la nôtre. La nôtre, maman l'avait jetée.

Et dès que papa rentrait, je lui racontais tout. Comme il m'avait appris. Et lui, il ferait quelque chose.

J'étais presque arrivé a la route quand je me suis souvenu de la plaque. Je m'étais enfui et j'avais à nouveau laissé le trou béant.

Si Felice revenait là-haut, il comprenait

tout de suite que quelqu'un était venu fourrer son nez là où il fallait pas. Inutile de me faire choper rien que parce que j'avais peur d'un fou enchaîné dans un trou. Si Felice découvrait que c'était moi, il me traînerait par les oreilles.

Un jour, Rackam et moi on était montés dans la voiture de Felice. On faisait semblant que c'était un vaisseau spatial. Lui il pilotait et moi je mitraillais les Martiens. Felice nous avait chopés et il nous avait traînés dehors, au milieu de la route, en nous tirant par les oreilles, comme des lapins. On pleurait, désespérés, mais lui, il lâchait pas. Heureusement que maman était sortie et qu'elle l'avait pris à coups de balai.

J'aurais voulu laisser tout comme ça, foncer à la maison, et m'enfermer dans ma chambre et lire mes BD, mais j'ai rebroussé chemin, en me maudissant. J'ai enlevé mon tee-shirt et me le suis noué autour de la tête, comme un Indien. J'ai pris un bâton. Si je rencontrais Felice, je me défendrais.

J'ai essayé de m'approcher le moins possible du trou, mais je n'ai pas pu m'empêcher de regarder.

Il était à genoux sous la couverture, le bras

tendu, dans la même position où je l'avais quitté.

J'ai eu envie de sauter sur cette maudite plaque et de la briser en mille morceaux et au lieu de cela je l'ai poussée et j'en ai recouvert le trou.

Quand je suis arrivé, maman faisait la vaisselle. Elle a balancé la poêle dans l'évier. — Voyez-moi ça qui est rentré !

Elle était si en colère que sa mâchoire tremblait.

— On peut savoir où tu disparais comme ça ? J'étais morte d'inquiétude... L'autre jour ton père ne t'a pas flanqué une raclée. Mais cette fois-ci, tu vas la prendre.

Je n'ai même pas eu le temps de balbutier une excuse qu'elle s'est mise à me courir après. Je sautais de part et d'autre de la cuisine comme un cabri tandis que ma sœur, assise à la table, me regardait en secouant la tête.

— Te sauve pas ! Viens ici !

J'ai bondi de l'autre côté du divan, je suis passé sous la table, j'ai enjambé le fauteuil, j'ai glissé sur le carrelage jusqu'à ma chambre et je me suis caché sous le lit.

— Sors de là-dessous !

— Non ! Tu vas me taper !

— Bien sûr que je vais te taper. Si tu sors de toi-même, tu en prends moins.

— Non, je sors pas !

— D'accord.

Un étau s'est refermé sur ma cheville. Je me suis accroché au pied du lit avec mes deux mains, mais il n'y a rien eu à faire. Maman était plus forte que Maciste et cette saleté de pied en fer me glissait des mains. J'ai lâché prise et me suis retrouvé entre ses jambes. J'ai essayé de me faufiler de nouveau sous le lit, mais elle ne m'a laissé aucune chance de salut, elle m'a soulevé par le short et m'a mis sous son bras comme si j'étais une valise.

Je hurlais. — Laisse-moi ! S'il te plaît ! Laisse-moi !

Elle s'est assise sur le divan, m'a allongé sur ses genoux, a baissé mon short et mon slip tandis que je bêlais comme un agneau, elle a rejeté en arrière ses cheveux et a commencé à me faire les fesses rouges.

Maman a toujours eu la main lourde. Ses corrections étaient lentes et précises et elles faisaient un bruit sourd, comme un battoir sur un tapis.

— Je t'ai cherché partout. » Et d'un. « Personne ne savait rien de toi. » Et de deux. « Tu vas me faire mourir. » Et de trois. « Ils ont dû penser que je suis une mauvaise mère. » Et de quatre. « Que je ne suis pas bonne à éduquer mes enfants.

— Arrête ! je hurlais. Arrête, s'il te plaît maman !

A la radio, une voix chantait. *« Croce. Croce e delizia. Delizia al cor. »*

Je m'en souviens comme si c'était hier. Toute ma vie, quand j'ai écouté la Traviata, je me suis revu avec le derrière à l'air, sur les genoux de ma mère qui, assise bien droite sur le divan, me flanquait la fessée.

— Qu'est-ce qu'on fait ? m'a demandé Salvatore.

Nous étions assis sur le banc et lancions des cailloux contre un chauffe-eau jeté dans le blé. Celui qui faisait mouche marquait le point. Les autres, au bout de la rue, jouaient à cache-cache.

La journée avait été venteuse, mais maintenant, au crépuscule, l'air s'était immobilisé, on étouffait, et derrière les champs s'était posée une traînée de nuages livides et fatigués.

J'ai lancé trop loin. — Je sais pas. Du vélo, je peux pas en faire, j'ai mal au cul. Ma mère m'a frappé.

— Pourquoi ?

— Parce que je rentre tard à la maison. Toi, ta mère, elle te frappe ?

Salvatore a tiré et il a touché le chauffe-eau avec un beau *toc*. — Un point ! Trois à un. » Puis il a secoué la tête. « Non, elle y arrive pas. Elle est trop grosse.

— T'as du pot. Ma mère au contraire, elle est super forte et elle peut courir plus vite qu'une bicyclette.

Il s'est mis à rire. — Impossible.

J'ai ramassé un caillou plus petit et l'ai lancé. Ce coup-là, j'ai failli faire mouche. — Je te jure. Un jour, à Lucignano, on devait prendre le car. Quand on est arrivés, il venait de partir. Maman elle s'est mise à courir si vite qu'elle l'a rattrapé et elle a flanqué des coups de poing sur la portière. Il s'est arrêté.

— Ma mère, si elle se met à courir, elle meurt.

— Dis-moi, tu te souviens quand mademoiselle Destani nous a raconté l'histoire du miracle de Lazare ?

— Oui.

— A ton avis, quand il a ressuscité, Lazare, il savait qu'il était mort ?

Salvatore a réfléchi. — Non. A mon avis, il pensait qu'il avait été malade.

— Mais comment il a fait pour marcher ?

Le corps des morts, c'est tout dur. Rappelle-toi ce chat qu'on a trouvé comme il était dur.

— Quel chat ? » Il a lancé et a touché le chauffe-eau encore une fois. Il avait un tir infaillible.

— Le chat noir, près du torrent... Tu te rappelles pas ?

— Ah, oui, ça y est. Rackam l'a cassé en deux.

— Si quelqu'un est mort et qu'il se réveille, il marche pas normalement et il devient fou parce que son cerveau a pourri et il dit des trucs bizarres, tu crois pas ?

— Possible, oui.

— A ton avis, on peut réveiller un mort ou bien y a que Jésus qui y arrive ?

Salvatore s'est gratté la tête. — Je sais pas. Ma tante m'a raconté une histoire vraie. Une fois, le fils d'un type a été renversé par une voiture et il est mort, complètement écrabouillé. Le père vivait plus, il allait super mal, il pleurait toute la journée, il est allé trouver un sorcier et il lui a donné tous ses sous pour qu'il ressuscite son fils. Le sorcier lui a dit : « Va chez toi et attends. Ton fils rentrera cette nuit. » Le père s'est mis à attendre, mais l'autre revenait pas, à la fin il est allé se coucher. Il s'endormait quand il a entendu des pas dans la cuisine. Il s'est levé tout heureux et il a vu son fils, il était tout esquinté, il lui manquait un bras et il avait la tête fendue en deux, avec le cerveau qui dégoulinait sur le côté et il lui a dit qu'il le haïssait parce qu'il l'avait laissé au milieu de la rue pour aller avec des femmes et que c'était de sa faute s'il était mort.

— Et alors ?

— Et alors le père a pris de l'essence et il lui a foutu le feu.

— Il a bien fait. » J'ai lancé et enfin j'ai mis dans le mille. « Un point ! Quatre à deux.

Salvatore s'est plié pour chercher un caillou. — C'est sûr qu'il a bien fait.

— Mais tu crois que c'est une histoire vraie ?

— Non.

— Moi non plus.

Je me suis réveillé parce que j'avais envie de pipi. Mon père était rentré. J'ai entendu sa voix dans la cuisine.

Il était avec des gens. Ils discutaient, se coupaient la parole, s'insultaient. Papa était très en colère.

Ce soir-là nous étions allés nous coucher aussitôt après le repas.

J'avais tournicoté autour de maman comme

un papillon, pour faire la paix. Je m'étais même mis à éplucher les patates, mais elle m'avait fait la tête tout l'après-midi. Au dîner, elle nous avait balancé les assiettes sous le nez et on avait mangé en silence tandis qu'elle allait et venait dans la cuisine et regardait la route.

Ma sœur dormait. Je me suis agenouillé sur le lit et me suis penché à la fenêtre.

Le camion était garé à côté d'une grande voiture sombre au museau argenté. Une voiture pour riches.

J'avais une grosse envie, mais pour aller aux toilettes, il me fallait passer par la cuisine. Avec tout ce monde, j'étais intimidé, mais j'étais sur le point de me faire pipi dessus.

Je me suis levé et me suis approché de la porte. J'ai saisi la poignée. J'ai compté. – Un, deux, trois... Quatre, cinq, six. » Et j'ai ouvert.

Ils étaient assis à table.

Italo Natale, le père de Rackam. Pietro Mura, le barbier. Angela Mura. Felice. Papa. Et un vieux que j'avais jamais vu. Sans doute Sergio, l'ami de papa.

Ils fumaient. Ils avaient des visages rouges et fatigués et des yeux tout petits.

La table était couverte de bouteilles vides, de cendriers pleins de mégots, des paquets de Nazionali et de Milde Sorte, des miettes de pain. Le ventilateur tournait, mais ne servait à rien. On mourait de chaud. La télévision était allumée, sans le volume. Il y avait une odeur de tomates, de sueur et de tortillon antimoustiques.

Maman préparait le café.

J'ai regardé le vieux qui prenait une cigarette d'un paquet de Dunhill.

J'ai appris par la suite qu'il s'appelait Sergio Materia. A l'époque, il avait soixante-sept ans et venait de Rome où il s'était rendu célèbre, vingt ans plus tôt, pour un casse chez un fourreur de Monte Mario et un hold-up au siège central de la Banca dell'Agricoltura. Une semaine après le coup, il s'était acheté un snack-bar place de Bologne. Il voulait recycler l'argent, mais les carabiniers l'avaient coincé le jour de l'inauguration. Il avait fait pas mal de prison, avait été libéré pour bonne conduite et avait émigré en Amérique du Sud.

Sergio Materia était maigre. Le crâne pelé. Au-dessus de ses oreilles, poussaient des cheveux jaunâtres et rares qu'il portait attachés en queue de cheval. Il avait le nez long, les yeux enfoncés et une barbe blanche d'au moins deux jours, elle marquait ses joues creusées. Ses sourcils longs et blonds ressemblaient à des touffes de poils collées sur le front. Son cou était ridé, tacheté, comme si on le lui avait blanchi à la javel. Il portait un costume bleu et une chemise de soie marron. Une paire de lunettes cerclées d'or reposait sur son crâne pelé luisant. Et une chaîne en or avec un soleil pointait au milieu des poils de sa poitrine. Au poignet il portait une montre en or massif.

Il était furibard. — Depuis le début, vous avez fait bourde sur bourde. » Il parlait bizarrement. « Et celui-là c'est un connard... » Il a indiqué Felice. Il le regardait comme on regarde une crotte de chien. Il a pris un cure-dent et s'est mis trifouiller entre ses dents jaunes.

Felice était avachi sur la table et avec sa fourchette, il faisait des dessins sur la nappe. Il était pareil tout craché à son frère quand sa mère l'enguirlandait.

Le vieux s'est raclé la gorge. — J'avais bien dit qu'on pouvait pas vous faire confiance. Vous êtes nuls. Ç'a été une idée de merde. Vous avez fait connerie sur connerie. Vous êtes là à jouer avec le feu. » Il a jeté le cure-dent dans son assiette. « Je suis un idiot! Je perds mon temps avec vous... Si les choses avaient marché comme prévu, à l'heure qu'il est je devrais être au Brésil et au lieu de ça je suis dans ce patelin merdique.

Papa a tenté une riposte. — Sergio, écoute... T'inquiète pas... Les choses sont pas encore...

Mais le vieux l'a fait taire. — Quelles choses, putain ? Toi tu ferais mieux de la fermer parce que t'es pire que les autres. Et tu sais pourquoi ? Parce que tu te rends pas compte. T'es un bon à rien. T'es là, peinard, sûr de toi, et t'enfiles ânerie sur ânerie. T'es vraiment un abruti.

Papa a essayé de répliquer puis il a avalé la couleuvre et a baissé les yeux.

On l'avait traité d'abruti.

C'était comme si on m'avait poignardé au côté. Personne n'avait jamais parlé ainsi à papa. Papa c'était le chef d'Acqua Traverse. Et là, ce vieux dégueulasse, arrivé d'on ne sait où, l'insultait devant tout le monde.

Pourquoi papa ne le flanquait pas à la porte ?

Soudain, plus personne n'a parlé. Ils étaient muets, tandis que le vieux s'est remis à se curer les dents et à regarder le lustre.

Le vieux était comme l'empereur. Quand l'empereur était en rogne, tout le monde devait la fermer. Papa y compris.

— Le journal télévisé ! Voilà le journal télévisé, a dit le père de Barbara en s'agitant sur sa chaise. Ça commence !

— Augmente ! Teresa, augmente ! Et éteins la lumière, a dit papa à maman.

A la maison, on éteignait toujours la lumière quand on regardait la télévision. C'était obligatoire. Maman s'est précipitée sur le bouton du volume et puis sur l'interrupteur.

Dans la pièce, la pénombre est tombée. Ils se sont tous tournés vers la télé. Comme quand l'Italie jouait.

Caché derrière la porte, je les ai vus se transformer en silhouettes sombres teintées de bleu par l'écran.

Le journaliste parlait d'un accident ferroviaire près de Florence, il y avait des morts, mais ils s'en fichaient.

Maman saupoudrait le sucre dans le café. Et eux, ils disaient : — Moi, une cuiller, moi deux, moi sans.

La mère de Barbara a dit : — Peut-être qu'ils vont pas en parler. Hier ils en ont pas parlé. Peut-être que ça les intéresse plus.

— Ferme-la, toi ! a soufflé le vieux.

C'était le bon moment pour aller faire pipi. Il suffisait d'arriver à la chambre des parents. De là, j'entrais aux toilettes et je faisais dans le noir.

Je me suis imaginé que j'étais une panthère noire. Je suis sorti de la chambre à quatre pattes. J'étais à quelques mètres du salut quand le père de Rackam s'est levé du divan et s'est dirigé vers moi.

Je me suis aplati sur le sol. Italo Natale a pris ses cigarettes sur la table et il est revenu s'asseoir sur le divan. J'ai poussé un soupir et me suis remis à avancer. La porte était là, c'était fait, j'y étais. Je commençais à me relaxer quand tous ensemble ils ont hurlé. — Voilà ! Voilà ! Taisez-vous ! Taisez-vous !

J'ai allongé le cou au-dessus du divan et j'ai failli tomber raide.

Derrière le journaliste, il y avait la photo de l'enfant.

L'enfant dans le trou.

Il était blond. Tout propre, tout bien peigné, tout beau, avec une chemise à carreaux, il souriait et serrait dans ses mains la locomotive d'un train électrique.

Le journaliste a continué. — Les recherches se poursuivent toujours pour retrouver le petit Filippo Carducci, le fils de l'industriel lombard Giovanni Carducci, enlevé il y a deux mois à Pavie. Les carabiniers et les enquêteurs sont sur une nouvelle piste qui conduirait...

Je n'ai plus rien entendu.

Ils hurlaient. Papa et le vieux se sont mis debout.

L'enfant s'appelait Filippo. Filippo Carducci.

— Nous diffusons maintenant un appel de madame Luisa Carducci adressé aux ravisseurs, enregistré ce matin.

– Allons bon, qu'est-ce qu'elle veut, cette salope ? a dit papa.

— Putain ! Sale putain ! a grogné Felice derrière.

Son père lui a flanqué une baffe. — Ferme-la !

La mère de Barbara a fait écho. — Crétin !

— Bordel de merde ! Arrêtez ! a crié le vieux. Je veux écouter !

Une femme est apparue. Elégante. Blonde. Ni jeune ni vieille, mais belle. Elle était assise dans un grand fauteuil en cuir dans une pièce pleine de livres. Elle avait les yeux brillants. Elle serrait ses mains comme si elles devaient lui échapper. Elle a reniflé et elle a dit en nous regardant dans les yeux : — Je suis la mère de Filippo Carducci. Je m'adresse aux ravisseurs de mon fils. Je vous en supplie, ne lui faites pas de mal. C'est un garçon gentil, bien élevé et très timide. Je vous implore de bien le traiter. Je suis sûre que vous connaissez l'amour et la compréhension. Même si vous n'avez pas d'enfants, je suis certaine que vous pouvez imaginer ce que ça fait quand on vous les enlève. La rançon que vous avez demandée est très élevée, mais mon mari et moi sommes disposés à vous donner tout ce que nous possédons pourvu que nous récupérions Filippo. Vous avez menacé de lui couper une oreille. Je vous supplie, je vous conjure de ne pas le faire... » Elle s'est essuyé les yeux, elle a repris son souffle et a poursuivi. « Nous faisons tout notre possible. S'il vous plaît. Dieu vous en rendra grâce si vous savez être miséricordieux. Dites à Filippo que sa maman et son papa ne l'ont pas oublié et qu'ils l'aiment.

Papa a fait avec les doigts le geste des ciseaux.

— Les deux oreilles, on lui coupe. Les deux.

Le vieux a ajouté : — Comme ça, pouffiasse, ça t'apprendra à parler à la télé !

Et ils se sont tous remis à hurler.

Je me suis faufilé dans ma chambre, j'ai fermé la porte, je suis monté sur la fenêtre et j'ai fait pipi en dessous.

C'étaient mon père et les autres qui avaient pris l'enfant à cette dame de la télévision.

Le pipi cascadait sur la bâche du camion et les gouttes brillaient à la lumière du réverbère.

« Attention, Michele, tu ne dois pas sortir la nuit, me disait toujours maman. Quand le soir tombe, le croque-mitaine sort et il prend les enfants et il les vend aux romanichels. »

Le croque-mitaine, c'était papa.

Le jour il était gentil, mais la nuit il était méchant.

Tous les autres étaient des romanichels. Des romanichels déguisés en gens. Et ce vieux était le roi des romanichels et papa était son serviteur. Mais pas maman.

Je croyais que les romanichels étaient des sortes de petits nains très rapides, avec des oreilles de renard et des pattes de poulet. Mais non, c'étaient des personnes normales.

Pourquoi ils le leur rendaient pas ? Qu'est-ce qu'ils allaient en faire, d'un enfant fou ? La maman de Filippo allait mal, ça se voyait. Si elle le demandait à la télévision, ça voulait dire que son fils était très important pour elle.

Et papa qui voulait lui couper les oreilles.

— Qu'est-ce que tu fais ? » J'ai sursauté, me suis retourné et j'ai failli faire sur le lit.

Maria s'était réveillée.

J'ai remis mon zizi dans ma culotte.

— Rien.

— Tu faisais pipi, je t'ai vu.
— J'avais trop envie.
— Qui c'est qu'il y a en bas ?
Si je disais à Maria que le croque-mitaine c'était papa, elle était chiche de piquer une crise. J'ai haussé les épaules.
— Rien.
— Et pourquoi ils se disputent ?
— Comme ça.
— Pourquoi comme ça ?
Je me suis lancé. — Ils sont en train de jouer au loto.
— Au loto ?
— Oui. Ils se disputent pour tirer les numéros.
— Qui c'est qui gagne ?
— Sergio, l'ami de papa.
— Il est arrivé ?
— Oui.
— Comment il est ?
— Vieux. Rendors-toi.
— J'y arrive pas. Il fait trop chaud. Il y a du bruit. Ils s'en vont quand ?
En bas, ils continuaient à hurler.
Je suis descendu de la fenêtre. — J'en sais rien.
— Michele, tu me racontes une histoire comme ça je me rendors ?

Papa nous racontait les histoires de Serafino en Afrique. Serafino était un petit chien des villes qui se cachait dans une valise et débarquait par erreur en Afrique, au milieu des lions et des éléphants. Nous adorions cette histoire. Serafino était capable de tenir tête aux chacals. Et il avait une marmotte pour amie. En général, quand papa revenait, il nous racontait un nouvel épisode.

C'était la première fois que Maria me demandait de lui raconter une histoire, j'étais très flatté. L'ennui c'était que je n'en connaissais pas. — Eh ben... moi, j'en connais pas », j'ai dû admettre.

— C'est pas vrai. T'en connais.

— Et laquelle je connais ?

— Tu te rappelles la fable que nous a racontée une fois la mère de Barbara ? Celle de Pierino Pierone ?

— Ah oui !

— Tu me la racontes ?

— D'accord, mais je m'en souviens pas très bien.

— Tu veux bien me la raconter sous la tente ?

— Oui. » Comme ça, au moins, on n'entendrait plus les cris dans la cuisine. Je me suis glissé dans le lit de ma sœur et nous avons tiré le drap au-dessus de nos têtes.

— Commence, elle m'a murmuré à l'oreille.

— Alors, c'est Pierino Pierone qui grimpe aux arbres pour manger des fruits. Un jour, il était là-haut quand est arrivée la sorcière Biscornue. Et elle a dit : « Pierino Pierone, donne-moi une poire, que j'ai une faim terrible. » Et Pierino Pierone lui a lancé une poire.

Elle m'a interrompu. — T'as pas dit comment elle est la sorcière Biscornue.

— Exact. Elle est très très moche. Pas un poil sur le dessus de la tête. Une queue de cheval et un long nez. Elle est grande et elle mange les enfants. Et son mari, c'est le croque-mitaine...

Tandis que je racontais, je voyais devant moi papa qui coupait les oreilles de Filippo et les mettait dans sa poche. Et il les accrochait au rétroviseur de son camion comme avec les queues en fourrure.

— C'est pas vrai. Elle est pas mariée. Raconte bien. Moi, l'histoire, je la sais.

— Pierino Pierone lui a lancé une poire qui a atterri dans la bouse de vache.

Maria s'est mise à rire. Elle adorait les histoires de caca.

— La sorcière Biscornue a dit encore :

« Pierino Pierone, donne-moi une poire, que j'ai une faim terrible. » « Attrape celle-là ! » Et il lui a lancé la poire dans la pisse de vache. Et elle était toute sale.

Autres rires.

— La sorcière lui en a demandé encore une. Et il lui a lancé une autre poire dans le vomi de vache.

Elle m'a donné un coup de coude. — Ça, ça y est pas. C'est pas de jeu. Fais pas l'idiot.

Avec ma sœur, impossible de changer l'histoire, même un petit peu. — Alors...

Mais qu'est-ce qu'ils fabriquaient en bas ? Ils avaient dû casser une assiette. J'ai haussé le ton. — Alors Pierino Pierone est descendu de son arbre et il lui a donné la poire. La sorcière Biscornue l'a chopé et elle l'a enfermé dans un sac et elle l'a mis sur son épaule. Mais comme Pierino Pierone mangeait des poivrons qui sont lourds, la sorcière avait du mal à le porter et elle devait s'arrêter toutes les cinq minutes et à un moment donné elle avait envie de faire pipi, elle a posé le sac et elle s'est cachée derrière un arbre. Pierino Pierone, avec ses dents a coupé la corde et il est sorti dehors et il a fourré dedans un raton laveur...

— Un raton laveur ?

Je l'avais dit exprès pour voir si Maria les connaissait.

— Oui, un raton laveur.

— C'est quoi ?

— C'est comme des oursons et si tu laisses ton linge près de la rivière, eux ils arrivent et ils te le lavent.

— Et où ils vivent ?

— Dans le Nord.

— Et alors ? » Maria savait que Pierino Pierone avait mis une pierre dans le sac, mais elle n'a rien dit.

— La sorcière Biscornue a repris le sac et elle l'a mis sur son épaule et quand elle est arrivée à sa maison elle a dit à sa fille : « Margherita Margheritone, descends et ouvre la porte et prépare la marmite pour faire bouillir Pierino Pierone. » Margherita Margheritone a mis l'eau sur le feu et la sorcière Biscornue a vidé le sac dedans et le raton laveur a bondi dehors et il a commencé à les mordre toutes les deux, il est descendu dans la cour et il a commencé à manger toutes les poules, il a balancé toutes les ordures en l'air. La sorcière était très en colère et elle est sortie une autre fois chercher Pierino Pierone. Elle l'a trouvé et elle l'a fourré dans le sac et là elle s'est arrêtée nulle part. Quand elle est arrivée à sa maison, elle a dit à Margherita Margheritone : « Prends-le et enferme-le dans la cave, on le mangera demain... »

Je me suis arrêté.

Maria dormait et cette histoire était une vilaine histoire.

5.

Le vieux, je l'ai retrouvé le lendemain matin, dans la salle de bains.

J'ai ouvert la porte et il était là, en train de se raser, tout penché sur le lavabo, la tête collée contre le miroir et une cigarette pendant de ses lèvres. Il portait un tricot de peau miteux et des caleçons jaunis d'où sortaient deux cannes sèches et sans poils. A ses pieds, il portait des boots noires à la fermeture éclair ouverte.

Il avait une odeur âcre, voilée par le talc et l'après-rasage.

Il s'est tourné vers moi et m'a toisé de haut en bas, avec ses yeux gonflés, une joue couverte de mousse et le rasoir à la main. — T'es qui, toi ?

J'ai pointé mon index sur ma poitrine. — Moi ?

— Toi, oui, toi.

— Michele... Michele Amitrano.

— Moi c'est Sergio. Bonjour.

J'ai tendu la main. – Enchanté. » C'est ce qu'on m'avait appris à répondre à l'école.

Le vieux a nettoyé son rasoir dans l'eau. — Tu sais pas qu'on frappe avant d'entrer dans la salle de bains ? Ils t'ont pas appris ça tes parents ?

— Excusez-moi. » Je voulais m'en aller, mais je restais planté là. Un peu comme quand on voit un estropié et qu'on essaie de pas le regarder et qu'on n'y arrive pas.

Il s'est mis à se raser le cou. — T'es le fils de Pino ?

— Oui.

Il m'a dévisagé dans le miroir. — T'es du genre silencieux, toi.

— Oui.

— Ça me plaît les gosses silencieux. C'est bien. Ça veut dire que t'as pas pris de ton père. Et t'es obéissant ?

— Oui.

— Alors sors et ferme la porte.

J'ai couru voir maman. Elle était dans ma chambre et enlevait les draps du lit de Maria. Je l'ai tirée par sa robe. — Maman ! Maman, c'est qui ce vieux dans notre salle de bains ?

— Laisse-moi, Michele, j'ai du travail. C'est Sergio, l'ami de ton père. Il te l'avait dit, qu'il venait. Il reste quelques jours chez nous.

— Pourquoi ?

Elle a soulevé le matelas et l'a retourné. — Parce que c'est comme ça, c'est ton père qui décide.

— Et il va dormir où ?

— Dans le lit de ta sœur

— Et elle ?

— Avec nous.

— Et moi ?

— Dans ton lit.

— Quoi ? Le vieux dort dans la chambre avec moi ?

Maman a soupiré. — Oui.

— La nuit ?

— Tu es bête ou quoi ? Il va dormir le jour, peut-être ?

— C'est pas Maria qui peut rester avec lui ? Et moi je dors avec toi.

— Ne dis pas de bêtises. » Elle a commencé à mettre les draps propres. « Va dehors. J'ai à faire.

Je me suis jeté à terre et me suis agrippé à ses chevilles. – Maman, je t'en prie, s'il te plaît, je veux pas dormir avec le vieux. Je t'en prie, je veux rester avec toi. Dans le lit avec toi.

Elle a soupiré. — On n'y tient pas tous. Tu es trop grand.

— Maman, s'il te plaît. Je me mets dans un coin. Je me fais tout petit.

— J'ai dit non.

— S'il te plaît. » J'ai imploré. « Je t'en supplie. Je serai sage. Tu verras.

— Ça suffit maintenant ! » Elle m'a remis debout et m'a regardé droit dans les yeux. « Michele, je sais plus quoi faire de toi. Pourquoi tu n'obéis jamais ? J'en peux plus. On a des tas de problèmes et toi tu t'y mets aussi. Essaie de comprendre. S'il te plaît...

J'ai secoué la tête. — Je veux pas. Je veux pas dormir avec lui. Je dormirai pas, là.

Elle a enlevé la taie de l'oreiller. — Les choses sont comme ça. Si ça te va pas, dis-le à ton père.

— Mais le vieux, il va m'emmener...

Maman a arrêté de faire le lit et s'est retournée. — Qu'est-ce que tu as dit ? Répète.

J'ai susurré. — Il va m'emmener...

Elle m'a scruté de ses yeux noirs. — Qu'est-ce que tu veux dire ?

— Vous voulez qu'il m'emmène... Tu me détestes. T'es méchante. Toi et papa vous me détestez. Je le sais.

— Qui est-ce qui te raconte des sornettes

pareilles ? » Elle m'a saisi par un bras mais je me suis libéré et me suis enfui.

Je descendais les escaliers et l'entendais qui m'appelait.

— Michele ! Michele, reviens ici !

— Je dors pas. Je dors pas avec le vieux.

Je me suis sauvé au torrent et j'ai grimpé sur le caroubier.

Moi, je dormirai jamais avec le vieux. Il avait pris Filippo. Et dès que j'étais endormi, il me prenait moi aussi. Il me fourrait dans un sac et adieu.

Et puis il me coupait les oreilles.

On pouvait vivre sans oreilles ? On en mourait pas ? Moi, mes oreilles, j'y tenais. Papa et le vieux devaient déjà les lui avoir coupées, à Filippo. Pendant que j'étais sur mon arbre, lui, dans son trou, il avait plus d'oreilles.

Est-ce qu'au moins ils lui avaient bandé la tête ?

Je devais y aller. Et je devais lui raconter sa mère, qu'elle l'aimait toujours et qu'elle l'avait dit à la télé, comme ça tout le monde le savait.

Mais j'avais peur, si à la maison abandonnée, je trouvais papa et le vieux ?

J'ai regardé l'horizon. Le ciel était plat, gris

et il pesait sur les champs de blé. La colline était là-bas, géante, voilée de chaleur.

Si je fais gaffe, ils me voient pas, je me suis dit.

— *O partigiano, portami via, che mi devon seppellir. O partigiano, portami via. O bella ciao ciao ciao.* » J'ai entendu une voix qui chantait.

J'ai regardé en bas. Barbara Mura traînait Togo, elle lui avait attaché une ficelle autour du cou et elle le tirait vers l'eau. — Maman va te donner un bon petit bain, maintenant. Tu vas être tout propre. T'es content ? Oui, que t'es content. » Mais Togo ne semblait pas content. Cul à terre, il bloquait ses pattes et remuait la tête en essayant de se libérer du nœud coulant. « Tu vas être très beau. Et je t'emmènerai à Lucignano. On ira prendre une glace et je t'achèterai une laisse. » Elle l'a attrapé, l'a embrassé, a quitté ses sandales, a fait quelques pas dans le marécage et elle l'a plongé dans cette bouillasse puante.

Togo s'est presque libéré mais Barbara le tenait coincé par la nuque et la queue. Elle l'a enfoncé sous l'eau. Je l'ai vu disparaître dans la boue.

Elle s'est remise à chanter. — *Una mattina, mi son svegliata. O bella ciao ! Bella ciao ! Bella ciao ciao ciao !*

Elle ne le faisait plus remonter.

Elle voulait le tuer.

J'ai hurlé. — Qu'est-ce tu fabriques ? Lâche-le !

Barbara a fait un bond et elle a failli se casser la figure dans l'eau. Elle a lâché le chien qui a émergé et s'est traîné jusqu'à la rive.

D'un saut, je suis descendu de l'arbre.

— Et toi, qu'est-ce tu fabriques là-haut ? m'a demandé Barbara, super énervée.

— Qu'est-ce que t'étais en train de lui faire ?

— Rien. Je le lavais.

— Mon œil ! Tu voulais le tuer.

— C'est pas vrai !

— Jure-le !

— Je le jure devant Dieu et tous ses saints ! » Elle a posé une main sur son cœur. « Il est bouffé par les tiques et les puces. C'est pour ça que je lui donnais un bain.

J'hésitais à la croire.

Elle a attrapé Togo qui était sur un rocher et remuait la queue, tout content. Il avait déjà oublié sa mauvaise expérience. « Tiens, regarde si je dis pas la vérité. » Elle lui a soulevé une oreille.

— Maaaamaan, c'est affreux !

Tout autour du pavillon et dedans, les tiques pullulaient. C'était à vomir. Avec leur petite tête enfoncée dans la peau, avec leurs petites pattes noires et leur ventre marron foncé, gonflé et rond comme un petit œuf en chocolat.

— T'as vu ? Elles lui sucent le sang.

J'ai fait la grimace. — Et la boue, ça les chasse ?

— A la télé, Tarzan il a dit que les éléphants se baignent dans la boue pour chasser les animaux qu'ils ont sur eux.

— Oui mais Togo c'est pas un éléphant.

— Et alors ? C'est toujours un animal.

— A mon avis, faut les lui arracher, j'ai dit. La boue, ça va pas les chasser.

— Et comment ?

— A la main.

— Compte pas sur moi. Ça me dégoûte.

— Bon, j'essaye. » Avec deux doigts, j'en ai pris une bien rebondie, j'ai fermé les yeux et j'ai tiré fort. Togo a glapi, mais le monstre est venu. Je l'ai posée sur un rocher et on l'a observée. Elle agitait ses petites pattes mais elle pouvait pas bouger tellement elle était gonflée de sang.

— Crève vampire ! Crève ! » Barbara l'a écrasée avec une pierre, la transformant en une bouillie rouge.

Je lui en ai arraché au moins une vingtaine. Barbara maintenait le chien immobile. Au bout d'un moment, j'en ai eu marre. Togo aussi. Il jappait dès que je l'effleurais. – Les autres, on les lui enlève un autre jour. D'accord?

— D'accord. » Barbara a regardé autour d'elle. « Bon, ben moi je m'en vais. Et toi, tu fais quoi?

— Je reste encore un peu ici. » Dès qu'elle avait disparu, j'enfourchais le Clou et je fonçais voir Filippo.

Elle a remis la ficelle autour du cou de Togo.

— Alors on se voit après? elle a dit en partant.

— Oui.

Elle s'est arrêtée. — Il y a un type chez toi. Avec cette voiture grise. C'est un parent à vous?

— Non.

— Aujourd'hui il est venu aussi chez moi.

— Qu'est-ce qu'il voulait?

— J'en sais rien. Il parlait avec papa. Et puis ils sont partis. Je crois qu'il y avait aussi ton père. Dans la grosse voiture.

Evidemment. Ils allaient couper les oreilles à Filippo.

Elle a grimacé et m'a demandé : — Tu l'aimes bien, toi ?

— Non.

— Moi non plus.

Elle est restée silencieuse. On aurait dit qu'elle ne voulait plus partir. Elle s'est tournée et a murmuré un merci.

— Pour quoi ?

— Pour l'autre jour... Quand t'as fait le gage à ma place.

J'ai haussé les épaules. — C'était rien.

— Ecoute... » Elle est devenue toute rouge. Elle m'a regardé une seconde et a dit : « Tu voudrais pas qu'on se fiance ?

Mon visage est devenu bouillant. — Hein ?

Elle s'est penchée pour caresser Togo. — Nous fiancer.

— Toi et moi ?

— Oui.

J'ai baissé la tête et j'ai regardé la pointe de mes pieds. — Eh ben... Pas vraiment, non.

Elle a laissé sortir un soupir retenu. — Tant pis. De toute façon, on a pas le même âge. » Elle s'est passé la main dans les cheveux. « Bon ben, salut.

— Salut.

Elle s'en est allée en tirant Togo derrière elle.

J'ai été pris par la peur des vipères, comme ça, d'un coup.

Jusqu'alors, quand je montais sur la colline, je n'y avais jamais pensé, aux vipères.

Ce jour-là, mon esprit était sans cesse traversé par l'image de ce braque qui, en avril, avait été mordu à la truffe par une vipère. La pauvre bête gisait dans un coin du hangar, haletante, l'œil fixe, de l'écume blanche aux gencives et la langue pendante.

« Y a plus rien à faire maintenant, avait dit le père de Rackam, le venin est entré dans son cœur. »

Nous étions tous en cercle à la regarder.

« On l'emmène à Lucignano. Chez le docteur des animaux, j'avais proposé.

— Du fric jeté par la fenêtre. C'est un voleur, ce gars-là, il lui fait une piqûre d'eau et il te rend le chien mort. Sortez de là, allez, laissez-le mourir en paix. » Il nous avait poussés dehors. Maria s'était mise à pleurer.

Je traversais le blé et il me semblait voir des serpents ramper de partout. Je sautais comme un cabri et je flanquais par terre des grands coups de bâton, c'était un sauve-qui-peut de grillons et de sauterelles. Le soleil cognait sur ma tête et mon cou, il n'y avait pas un souffle de vent et au loin la plaine était toute brumeuse.

Quand je suis arrivé à l'orée de la vallée, j'étais crevé. De l'ombre et une rasade d'eau, voilà ce qu'il me fallait, je me suis dirigé vers le petit bois.

Mais il y avait un truc pas comme d'habitude. Je me suis arrêté.

Avec les oiseaux, les grillons et les cigales, on entendait de la musique.

Je me suis précipité derrière un tronc.

De là, je ne pouvais rien voir, mais il semblait que la musique venait de la maison.

Je devais partir en courant, mais la curiosité me poussait à jeter un coup d'œil. Si je faisais gaffe, si je restais sous les arbres, ils me voyaient pas. En me cachant au milieu des chênes, je me suis approché de l'esplanade.

La musique était plus forte. C'était une chanson connue. Je l'avais entendue des tas de fois. Interprétée par une dame blonde et un monsieur élégant. Je les avais vus à la télévision. J'aimais bien cette chanson.

Il y avait un rocher couvert de touffes vertes de mousse juste à la limite de la clairière, un bon abri, je me suis faufilé derrière.

J'ai pointé la tête et j'ai épié.

Garée devant la maison, la 127 de Felice,

portières et coffre ouverts. La musique provenait de l'autoradio. On entendait mal, ça grésillait.

Felice est sorti de l'écurie. Il était en slip. Aux pieds, il avait ses rangers et autour du cou son habituel foulard noir. Il dansait les bras écartés et en se déhanchant comme une danseuse du ventre.

— Encore des mots toujours des mots les mêmes mots... » Il chantait d'une voix de fausset, en même temps que la radio.

Puis il s'arrêtait et d'une voix grave il continuait.

— Je n'sais plus comment te dire...

Et, avec une voix de femme. — Rien que des mots...

Il a indiqué quelqu'un. — Mais tu es cette belle histoire d'amour que je ne cesserai jamais de lire.

— Des mots faciles des mots fragiles c'était trop beau.

— Ecoute-moi.

— Paroles, paroles, paroles...

— Je t'en prie.

Il était très bon. Il faisait tout tout seul. Homme et femme. Et quand il était l'homme, il jouait au dur. Œil noir et bouche entrouverte.

— Paroles, paroles, paroles...

— Je te jure.

Puis il s'est jeté par terre, dans la poussière, et il s'est mis à faire des pompes. Avec deux bras, avec un, en frappant dans ses mains, et il chantait, tout contracté.

— Paroles, paroles, paroles, paroles, paroles, encore des paroles que tu sèmes au vent.

Je suis parti.

A Acqua Traverse, ils jouaient à un deux trois, soleil.

Rackam, Barbara et Remo étaient immobiles, sous le soleil, dans d'étranges positions.

Salvatore, la tête contre le mur, a hurlé : — Un deux trois, soleil ! » Il s'est retourné et a vu Rackam.

Rackam exagérait toujours, au lieu de faire trois pas, il en faisait quinze et il se faisait choper. Et il était pas d'accord. Vous lui disiez que vous l'aviez vu, mais il voulait rien savoir. Pour lui, tout le monde trichait. Sauf lui. Lui c'était un saint. Et si vous lui disiez quelque chose, il vous flanquait des trempes. D'une manière ou d'une autre, il gagnait toujours. Même aux poupées, il aurait trouvé le moyen de gagner.

Je suis passé entre les maisons en pédalant

doucement. J'étais fatigué et en colère. Je n'étais pas arrivé à le dire à Filippo, pour sa mère.

Le camion de papa était garé en bas de la maison, à côté de la grosse voiture grise du vieux.

J'avais faim. J'avais filé sans petit déjeuner. Mais je n'avais pas tellement envie de monter.

Rackam s'est approché de moi. — Où t'étais passé ?

— Faire un tour.

— Tu te tires toujours tout seul. Tu vas où ? » Il n'aimait pas quand vous vous occupiez de vos affaires.

— Au torrent.

Il m'a dévisagé, soupçonneux. — Faire quoi ?

J'ai haussé les épaules. — Rien. Sur l'arbre.

Il a fait la grimace dégoûtée de qui aurait mangé une pomme pourrie.

Togo est arrivé et s'est mis à mordre la roue de mon vélo.

Rackam lui a balancé un coup de pied. — Barre-toi, sale clebs. Il te troue le pneu avec ses dents de merde.

Togo s'est sauvé vers Barbara qui était assise sur le muret et il lui a sauté dans les bras. Barbara m'a salué. J'ai répondu d'un signe de la main.

Rackam a observé la scène. — Eh ben, t'es devenu copain avec la bouboule ?

— Non...

Il m'a fixé pour voir si je disais la vérité.

— Non, je te jure.

Il s'est détendu. — Ah bon. Ça te dit de jouer au foot ?

Ça ne me disait pas, mais lui dire non était dangereux. — Il fait pas trop chaud ?

Il a saisi mon guidon. — T'es un peu en train de faire le con, tu sais.

J'ai eu peur. — Pourquoi ? » Des fois, ça lui prenait d'un coup à Rackam, il pouvait décider de vous faire tomber de bicyclette et vous ficher une raclée.

— Parce que.

Heureusement, Salvatore s'est pointé. Il faisait rebondir le ballon sur sa tête. Puis il l'a stoppé avec le pied et l'a coincé sous son bras.
— Salut, Michele.

— Salut.

Rackam lui a demandé : — T'as envie de jouer ?

— Non.

Rackam s'est vexé. — Vous êtes deux merdeux ! Alors, vous savez ce que je fais ? Je fous le camp à Lucignano. » Et il est parti, en rogne.

Nous nous sommes mis à rire, puis Salvatore m'a dit : — Je vais chez moi. Tu veux venir, on joue au Subbuteo ?

— J'ai pas vraiment envie.

Il m'a donné une tape sur l'épaule. — OK. Alors on se voit plus tard. Ciao. » Il s'est éloigné en dribblant.

J'aimais bien Salvatore. J'aimais bien la façon qu'il avait de rester toujours tranquille et de ne pas prendre la mouche toutes les cinq minutes. Avec Rackam, avant de dire un mot, il fallait y réfléchir à deux fois.

J'ai pédalé jusqu'à la fontaine.

Maria avait pris la bassine émaillée et elle l'utilisait comme piscine pour ses Barbie.

Elle en avait deux, une normale et une toute noire avec un bras écaillé et sans cheveux.

C'était moi qui l'avais arrangée comme ça. Un soir, j'avais vu à la télé l'histoire de Jeanne d'Arc et j'avais pris la Barbie et je l'avais jetée au feu en hurlant : « Brûle, sorcière ! Brûle ! » Quand je m'étais aperçu qu'elle brûlait vraiment, je l'avais attrapée par un pied et je l'avais lancée dans la marmite du minestrone.

Maman m'avait privé de bicyclette pendant

une semaine et elle m'avait obligé à manger tout le minestrone à moi seul. Maria avait supplié qu'on lui en achète une autre. « Pour ta fête. En attendant, joue avec celle-là. Prends-t'en à ton imbécile de frère. » Et Maria s'était adaptée. La Barbie belle s'appelait Paola et la brûlée Pauvrette.

— Salut Maria, je lui ai dit en descendant de vélo.

Elle a placé une main sur son front pour s'abriter du soleil. — Papa t'a cherché... Maman est en colère.

— Je sais.

Elle a pris Pauvrette et l'a mise dans la piscine. — Tu la fais toujours enrager.

— Je monte.

— Papa a dit qu'il doit parler avec Sergio et il veut pas nous avoir dans les pattes.

— Mais moi j'ai faim...

Elle a sorti un abricot de la poche de son pantalon. — Tu le veux?

— Oui. » Il était chaud et flasque, mais je l'ai dévoré et j'ai craché le noyau loin.

Papa est sorti sur le balcon, m'a vu et il m'a appelé. — Michele, viens ici. » Il était en chemise et en short.

Je ne voulais pas lui parler. — Je peux pas, j'ai à faire!

Il m'a fait signe de monter. — Viens ici.

J'ai appuyé mon vélo contre le mur et j'ai gravi les escaliers la tête basse, résigné.

Papa s'est assis sur la dernière marche. — Mets-toi là, près de moi. — Il a sorti un paquet de Nazionali de la poche de sa chemise, il a pris une cigarette, l'a enfilée dans le filtre et il l'a allumée.

— Faut qu'on parle, toi et moi.

Il n'avait pas l'air si en colère que ça.

Nous sommes restés silencieux. A regarder, au-delà des toits, les champs jaunes.

— Fait chaud, hein ?

— Très.

Il a soufflé un nuage de fumée. — Où tu t'en vas toute la journée, on peut savoir ?

— Nulle part.

— C'est pas vrai. Tu dois bien aller quelque part.

— Je me balade dans le coin.

— Tout seul ?

— Oui.

— Qu'est-ce qu'il y a ? T'aimes plus être avec tes copains ?

— Si, j'aime bien. Mais j'aime bien aussi rester tout seul.

Il a fait signe que oui de la tête, les yeux perdus dans le vide. Je l'ai regardé. Il paraissait plus vieux, dans ses cheveux noirs il en poussait quelques-uns de blancs, ses joues étaient creusées et il semblait ne pas avoir dormi depuis une semaine.

— T'as fait enrager ta mère.

J'ai arraché une branchette de romarin dans un pot et je me suis mis à la faire tourner entre les mains. — C'est pas exprès.

— Elle dit que tu veux pas dormir avec Sergio.

— J'ai pas envie...

— Et pourquoi ?

— Parce que je veux dormir avec vous. Dans votre lit. Tous ensemble. Si on se serre, on tient tous.

— Sergio, qu'est-ce qu'il va penser si tu dors pas avec lui ?

— M'en fiche.

— On traite pas comme ça les invités. Imagine que tu ailles dormir chez quelqu'un et que personne veuille dormir avec toi ? Tu penserais quoi ?

— Je m'en ficherais, moi je voudrais avoir une chambre rien que pour moi. Comme à l'hôtel.

Il a esquissé un sourire et, d'une chiquenaude, il a lancé le mégot dans la rue.

Je lui ai demandé : — Sergio, c'est ton

chef? C'est pour ça qu'il doit rester chez nous?

Il m'a regardé, surpris. — Comment ça, mon chef?

— Oui, c'est lui qui décide les choses.

— Non, il décide rien du tout. C'est un ami à moi.

C'était pas vrai. Le vieux, c'était pas son ami, c'était son chef. Moi je le savais. Il pouvait même lui dire des gros mots.

— Papa, mais toi, où tu dors quand tu vas dans le Nord?

— Pourquoi?

— Comme ça.

— A l'hôtel, où ça se trouve, parfois dans le camion.

— Mais la nuit au Nord, qu'est-ce qui se passe?

Il m'a regardé, a pris sa respiration par le nez et m'a demandé : — Qu'est-ce qu'il y a? T'es pas content que je sois rentré?

— Si.

— Dis la vérité.

— Si, je suis content.

Il m'a serré dans ses bras, très fort. Je sentais sa sueur. Il m'a murmuré à l'oreille : — Serre-moi Michele, serre-moi! Fais-moi sentir comme t'es costaud.

Je l'ai enlacé le plus fort que je pouvais et j'avais envie de pleurer. Les larmes coulaient et j'avais la gorge serrée.

— Qu'est-ce que tu fais ? Tu pleures ?

J'ai sangloté. — Non, je pleure pas.

Il a sorti de sa poche un mouchoir froissé.

— Essuie ces larmes, que si quelqu'un te voit tu passes pour une femmelette. Michele, ces jours-ci j'ai beaucoup à faire et donc tu dois obéir. Ta mère est fatiguée. Arrête avec tes caprices. Si tu es sage, dès que j'ai fini je t'emmène à la mer. On ira en pédalo.

J'ai gémi. — C'est quoi un pédalo ?

— C'est une barque qui au lieu d'avoir des rames a des pédales comme une bicyclette.

J'ai essuyé mes larmes. — On peut aller jusqu'en Afrique ?

— Faut pédaler pour arriver en Afrique.

— Moi je veux m'en aller d'Acqua Traverse.

— Qu'est-ce qu'il y a, tu te plais plus ici ?

Je lui ai rendu son mouchoir. — On va au Nord.

— Pourquoi tu veux t'en aller ?

— Je sais pas... J'aime plus être ici.

Il a regardé au loin. — On ira.

J'ai arraché une autre branchette de romarin. Ça sentait bon. — Tu les connais toi, les ratons laveurs ?

Il a froncé les sourcils. — Les ratons laveurs ?

— Oui.

— Non, c'est quoi ?

— Rien, c'est comme des oursons qui lavent le linge... Mais peut-être qu'ils existent pas.

Papa s'est remis debout et s'est étiré le dos. — Aaah ! Ecoute, je rentre à la maison, je dois parler avec Sergio. Pourquoi tu vas pas jouer un peu, on mange bientôt ? » Il a ouvert la porte et il allait entrer, mais il s'est arrêté. « Maman a préparé les tagliatelles. Après, tu lui demandes pardon.

A ce moment-là, Felice est arrivé. Il a pilé avec sa 127 dans un nuage de poussière et en est descendu comme si dedans il y avait un essaim de guêpes.

— Felice ! a hurlé papa. Monte un instant.

Felice a fait signe que oui et quand il est passé devant moi, il m'a donné un coup sur la nuque et a dit : — Comment tu vas, petit con ?

Maintenant, avec Filippo, il n'y avait plus personne.

Le seau à merde était plein. La gamelle d'eau vide.

Filippo avait sa tête enveloppée dans la

couverture. Il ne s'était pas aperçu que j'étais descendu dans le trou.

Sa cheville semblait avoir empiré, elle était plus gonflée et violette. Les mouches s'acharnaient dessus.

Je me suis approché. — Eh? Tu m'entends? » Il ne faisait pas signe de m'avoir entendu. « Eh? Tu m'entends? » Je me suis approché plus près. « Tu m'entends?

Il a dit comme un soupir. — Oui.

Alors papa lui avait pas coupé les oreilles.

— Tu t'appelles Filippo, pas vrai?

— Oui.

J'avais préparé ma tirade chemin faisant. — Je suis venu te dire une chose très importante. Voilà... Ta mère elle dit qu'elle t'aime. Et elle dit que tu lui manques. Elle l'a dit hier soir à la télé. Au journal télévisé. Elle a dit que tu dois pas t'inquiéter... Et qu'elle veut pas uniquement tes oreilles, mais toi tout entier.

Rien.

— Tu m'as entendu?

Rien.

J'ai répété. — Voilà... Ta mère elle dit qu'elle t'aime. Et elle dit que tu lui manques. Elle l'a dit hier soir à la télé. Au journal télévisé. Elle a dit que tu dois pas t'inquiéter... Et qu'elle veut pas uniquement tes oreilles...

— Ma maman elle est morte.

— Comment ça, elle est morte ?

De dessous la couverture il a répété. — Ma maman elle est morte.

— Mais qu'est-ce tu racontes ? Elle est vivante. Je l'ai vue de mes yeux, à la télé...

— Non, elle est morte.

J'ai mis une main sur mon cœur. — Je te jure sur la tête de ma sœur Maria qu'elle est vivante. Elle allait bien. Elle est blonde. Elle est maigre. Elle est un peu vieille... Mais elle est belle. Elle était assise dans un fauteuil marron, haut. Grand. Comme celui des rois. Et derrière, il y avait un tableau avec un navire. C'est vrai ou pas ?

— Oui. Le tableau avec le navire... » Il parlait bas, ses paroles étaient étouffées par le tissu.

— Et tu as un train électrique. Avec une locomotive à cheminée. Je l'ai vue.

— Je l'ai plus. Il s'est cassé. La nounou l'a jeté.

— La nounou ? C'est qui la nounou ?

— Liliana. Elle est morte elle aussi. Peppino aussi il est mort. Et papa est mort. Et grand-mère Arianna est morte. Et mon frère est mort. Ils sont tous morts. Ils sont tous morts et ils vivent dans des trous comme celui-là. Et dans un de ces trous, il y a moi. Tous autant qu'on est. Le monde est un endroit plein de trous où dedans il y a les morts. Et la lune aussi c'est une boule toute pleine de trous et dedans il y a d'autres morts.

— C'est pas vrai. » J'ai posé une main sur son dos. « On voit rien. La lune est normale. Et ta mère elle est pas morte. Je l'ai vue de mes yeux. Tu dois m'écouter.

Il est resté un peu silencieux, puis il m'a demandé : — Alors pourquoi elle vient pas ici ?

J'ai secoué la tête. — J'en sais rien.

— Pourquoi elle vient pas me chercher ?

— J'en sais rien.

— Et pourquoi je suis ici ?

— J'en sais rien. » Puis j'ai dit, si bas qu'il ne pouvait m'entendre : « C'est mon papa qui t'a mis là.

Il m'a donné un coup de pied. — Tu sais jamais rien ! Laisse-moi tranquille. T'es pas l'ange gardien. T'es méchant. Va-t'en. » Et il s'est mis à pleurer.

Je ne savais que faire. — Je suis pas méchant. J'ai rien à voir là-dedans. Pleure pas, s'il te plaît.

Il a continué à donner des coups de pieds. — Va-t'en. Va-t'en de là.

— Ecoute-moi...

— Fiche le camp!

Je me suis levé d'un bond. — Moi je suis venu jusqu'ici pour toi, j'ai fait toute la route deux fois, et toi tu me chasses. OK, je m'en vais, mais si je m'en vais, je reviens plus. Jamais plus. Tu resteras ici, tout seul, pour toujours et ils te couperont les deux oreilles. » J'ai attrapé la corde et me suis mis à remonter. Je l'entendais pleurer. J'avais l'impression qu'il s'étouffait.

Je suis sorti du trou et je lui ai dit : — Et je suis pas ton ange gardien!

— Attends...

— Qu'est-ce que tu veux?

— Reste...

— Non. T'as dit que je dois m'en aller, alors je m'en vais.

— S'il te plaît. Reste.

— Non!

— S'il te plaît. Rien que cinq minutes.

— D'accord. Cinq minutes. Mais si tu joues au fou je m'en vais.

— Je le ferai plus.

Je suis descendu. Il m'a touché un pied.

— Pourquoi tu sors pas de dessous cette couverture? je lui ai demandé, et je me suis accroupi près de lui.

— Je peux pas, je suis aveugle...

— Comment ça, t'es aveugle ?

— Mes yeux ne s'ouvrent pas. Je veux les ouvrir mais ils restent fermés. Dans le noir, je vois. Dans le noir, je ne suis pas aveugle. » Il a eu une hésitation. « Tu sais, ils me l'avaient dit que tu revenais.

— Qui ?

— Les ratons laveurs.

— Arrête avec ces ratons laveurs ! Papa m'a dit qu'ils existent pas. T'as soif?

— Oui.

J'ai ouvert mon cartable et j'ai sorti la bouteille. — Tiens.

— Viens. » Il a soulevé la couverture.

J'ai fait une grimace. — Là-dessous ? » Ça me dégoûtait un peu. Mais au moins je pourrais voir si ses oreilles étaient encore à leur place.

Il s'est mis à me toucher. — T'as quel âge ? » Il me passait les doigts sur le nez, sur la bouche, sur les yeux.

J'étais paralysé. — Neuf ans. Et toi ?

— Neuf ans.

— Tu es né quand?

— Le douze septembre. Et toi ?

— Le vingt novembre.

— Comment tu t'appelles ?

— Michele. Michele Amitrano. T'es en quelle classe, toi ?

— En CM1. Et toi ?

— En CM1.

— Pareil.

— Pareil.

— J'ai soif.

Je lui ai donné la bouteille.

Il a bu. — C'est bon. T'en veux ?

J'ai bu moi aussi. — Je peux soulever la couverture ? » J'étais en train de mourir de chaud et de puanteur.

— Pas beaucoup.

Je l'ai tirée le peu qui était nécessaire pour prendre de l'air et regarder son visage.

Il était tout noir. Sale. Les cheveux blonds et fins s'étaient mêlés à la terre, formant des nœuds durs et secs. Le sang figé avait scellé ses paupières. Ses lèvres étaient noires et fendues. Les narines bouchées par la morve et les croûtes.

— Je peux te laver la figure ? » je lui ai demandé.

Il a tendu le cou, a soulevé la tête et un sourire est apparu sur ses lèvres martyrisées. Ses dents étaient devenues toutes noires.

J'ai enlevé mon tee-shirt et je l'ai mouillé avec de l'eau et je me suis mis à lui laver le visage.

Là où je passais, apparaissait la peau blanche, si blanche qu'elle semblait transparente, comme la chair d'un poisson bouilli. D'abord sur le front, ensuite sur les joues.

Quand je lui ai mouillé les yeux, il a dit :

— Doucement, ça fait mal.

— Je fais doucement.

Je n'arrivais pas à dissoudre les croûtes. Elles étaient dures et épaisses. Mais je savais que c'était comme les croûtes des chiens. Quand on les enlève aux chiens, ils recommencent à voir. J'ai continué à les lui mouiller, à les ramollir jusqu'à ce qu'une paupière se soulève et aussitôt se referme. Un instant seulement, suffisant pour qu'un rayon de lumière lui blesse l'œil.

— Aaaahaaah ! » Il a hurlé et a enfilé sa tête sous la couverture, comme une autruche.

Je l'ai secoué fort. — Tu vois ? Tu vois ? T'es pas aveugle ! T'es pas aveugle du tout !

— Je peux pas les garder ouverts.

— C'est parce que t'es toujours dans le noir. Mais tu y vois, pas vrai ?

— Oui ! Tu es petit.

— Je suis pas petit. J'ai neuf ans.

— Tu as les cheveux noirs.

— Oui.

Il était très tard. Je devais rentrer à la maison. — Bon, je dois m'en aller maintenant. Je reviens demain.

La tête sous la couverture, il a dit : — Promis ?

— Promis.

Quand le vieux est entré dans ma chambre, j'étais en train de m'organiser pour feinter les monstres.

Enfant, je rêvais toujours de monstres. Et même maintenant que je suis adulte, cela m'arrive, mais je ne sais plus les feinter.

Ils attendaient que je m'endorme pour me terroriser.

Jusqu'à ce qu'une nuit, j'invente un système pour ne plus faire de mauvais rêves.

J'ai trouvé un endroit où enfermer ces êtres difformes et effrayants et dormir serein.

Je me détendais et j'attendais que mes paupières deviennent lourdes et quand j'étais sur le point de plonger dans le sommeil, juste à ce moment précis, je m'imaginais que je les voyais marcher, tous ensemble, le long d'une montée. Comme dans la procession de la Madone de Lucignano.

La sorcière Biscornue bossue et ridée. Le loup-garou à quatre pattes, avec les vêtements déchirés et les crocs blancs. Le croque-mitaine, une ombre glissant entre les pierres comme un serpent. Lazare, un mangeur de cadavres dévoré par les insectes et entouré d'une nuée de mouches. L'ogre, un géant aux petits yeux, avec un goitre, des chaussures énormes et un sac sur les épaules rempli d'enfants. Les romanichels, des espèces de renards qui marchaient sur des pattes de poule. L'homme au cerceau, un type avec une combinaison bleu électrique et un cerceau de lumière qu'il pouvait lancer très très loin. L'homme-poisson qui vivait dans les profondeurs de la mer et qui portait sa mère sur ses épaules. L'enfant-poulpe, né avec des tentacules à la place des jambes et des bras.

Ils avançaient tous ensemble. Vers un lieu imprécis. Ils étaient terrifiants. Et d'ailleurs personne ne s'arrêtait pour les regarder.

Soudain, un bus arrivait, tout doré, avec des clochettes et des lumignons de toutes les couleurs. Sur le toit, il y avait un mégaphone qui criait. « Mesdames et messieurs, montez dans le bus des désirs ! Montez dans ce magnifique bus qui vous emmènera tous au cirque sans débourser un sou ! Aujourd'hui, cirque gratis ! Montez ! Montez ! »

Les monstres, heureux de cette aubaine, montaient dans le bus. A ce moment-là, j'imaginais que mon ventre s'ouvrait, une longue entaille s'élargissait et eux y entraient tranquillement.

Ces imbéciles croyaient que c'était le cirque. Moi je refermais la blessure et eux étaient feintés. Après, il ne restait plus qu'à s'endormir avec les mains sur le ventre pour ne pas faire de mauvais rêves.

Je venais de les prendre au piège quand le vieux est entré, je me suis distrait, j'ai enlevé les mains et ils se sont enfuis. J'ai fermé les yeux et j'ai fait semblant de dormir.

Le vieux faisait un tas de bruits. Il trafiquait dans sa valise. Il toussait. Il soufflait.

Je me suis couvert la tête d'un bras et j'ai regardé ce qu'il fabriquait.

Un rayon de lumière éclairait une partie de la pièce. Le vieux était assis sur le lit de Maria. Sec, bossu et sombre. Il fumait. Et quand il aspirait, je voyais ce nez crochu et ces yeux creusés se teinter de rouge. Je sentais l'odeur de la fumée et l'odeur de l'eau de Cologne. De temps en temps, il faisait non de la tête. Puis il soupirait fort, comme s'il se disputait avec quelqu'un.

Il s'est déshabillé. Il a quitté ses chaussures, ses chaussettes, son pantalon, sa chemise. Il est resté en caleçon. Il avait la peau flasque, accrochée à ces os longs comme si on l'avait cousue dessus. Il a jeté la cigarette par la fenêtre. Le mégot a disparu dans la nuit, comme un lapilli enflammé. Il a dénoué ses cheveux et il ressemblait à un vieux Tarzan malade. Il s'est allongé sur le lit.

Maintenant, je ne le voyais plus mais il était proche. A moins d'un mètre de mes pieds. S'il tendait un bras, il m'attrapait la cheville. Je me suis mis en boule comme un hérisson.

Il fallait pas que je dorme. Si je m'endormais, il pouvait me prendre. Je devais inventer quelque chose. Mettre des clous dans mon lit. Comme ça, je dormirais pas.

Il s'est raclé la gorge. — On crève de chaud là-dedans. Comment tu fais pour tenir ?

J'ai arrêté de respirer.

— Je sais que tu dors pas.

Il voulait me feinter.

— T'es un petit malin, toi... Tu m'aimes pas, hein ?

Non, je t'aime pas ! j'aurais voulu répondre. Mais je ne pouvais pas. J'étais en train de dormir. Et même éveillé, je n'aurais jamais eu le courage de le lui dire.

— Mes fils non plus m'aimaient pas. » Il a pris par terre une bouteille que maman avait mise exprès pour lui et il a avalé quelques gorgées. « Elle est chaude comme de la pisse, il a bougonné. Deux, j'en avais. Un est vivant mais c'est comme s'il était mort. L'autre est mort mais c'est comme s'il était vivant. Le vivant s'appelle Giuliano. Il est plus grand que toi. Il vit plus en Italie. Il est parti. En Inde... Y a cinq ans. Il est dans une communauté. Ils lui ont farci le cerveau de conneries. Il s'est rasé la tête. Il s'habille tout en orange et il se croit indien lui aussi. Et il croit qu'on vit un tas de fois. Il se drogue comme une bête et il en mourra comme une bête, là-bas. Et c'est sûrement pas moi qui irai le chercher là-bas...

Il a été pris d'une quinte de toux. Sèche. Qui déchire les poumons. Il a repris son souffle et a poursuivi. — Francesco est mort il y a cinq ans. En octobre, il aurait trente-deux ans. Celui-là, oui, il était gentil, je l'aimais, lui. » Il a allumé une autre cigarette. « Un jour, il a connu une fille. Je l'ai vue et elle m'a pas plu. Au premier coup d'œil. Elle disait qu'elle était prof de gym. Une petite pute... Une blondasse sèche... à moitié slave. Les Slaves c'est les pires. Elle me l'a emberlificoté comme un bleu. C'était une va-nu-pieds et elle a vu Francesco et elle s'est accrochée à lui parce que Francesco c'est un brave garçon, généreux, le genre de gars qui à la fin se fait foutre de lui par tout le monde. Putain, je sais pas ce qu'elle a pu lui faire pour le rendre aussi couillon. Par la suite, on m'a raconté que cette salope fricotait avec un espèce de mage. Une ordure qui a dû lui jeter un sort. Ces deux-là ensemble l'ont baisé. Ils me l'ont affaibli. Il avait maigri. C'était un beau gars costaud, c'est devenu un squelette, il tenait plus sur ses cannes. Un jour il arrive et il me dit qu'il se marie. Y a rien eu à faire. Moi j'ai essayé de lui dire que cette fille le bousillait. Mais en fin de compte, c'était sa vie. Ils se sont mariés. Ils sont partis en voyage de noces en voiture. Ils allaient à Positano et à Amalfi, sur la côte. Deux jours passent et il appelle pas. C'est normal, je me dis, ils sont en voyage de noces. Il va appeler. Et au lieu de ça, qui c'est qui m'appelle ? Le commissariat de Sorrente. Ils disent que je dois venir tout de suite. Je demande pourquoi. Ils peuvent pas me le dire par téléphone. Je dois venir si je veux le savoir. Ils me disent que c'est pour mon fils. Et comment je faisais, bordel, pour y aller ? Je pouvais pas y aller. S'ils faisaient une vérification, j'étais foutu. J'étais recherché parce que je m'étais pas présenté à la conditionnelle. Ils me remettaient au trou. J'ai fait appeler par un type que je connaissais. Un gars avec qui j'étais en cheville. Et ce gars-là me dit que mon fils est mort. Comment ça, mort ? Et ce gars-là me dit qu'il s'est tué, qu'il s'est jeté du haut d'un précipice. Qu'il a fait un vol plané de deux cents mètres et qu'il s'est écrasé sur les rochers. Mon fils ? Francesco qui se tuait ? Ils se foutaient de moi ou quoi ? Moi je pouvais pas y aller. Alors j'ai envoyé son abrutie de mère voir ce qui était arrivé.

— Et qu'est-ce qui était arrivé ? » Ça m'avait échappé.

— D'après eux, Francesco s'est arrêté au bord de la route pour admirer le panorama, elle était en voiture, il a pris une photo d'elle après il a enjambé le muret et il s'est balancé en bas. Prendre une photo de sa femme et se balancer en bas ? Le gars dit qu'on l'a retrouvé aplati sur les rochers, avec son zizi sorti de sa braguette et l'appareil photo autour du cou. A ton avis, un mec qui veut se tuer il prend une photo, il sort son zizi et il se balance en bas ? C'est pas des conneries, ça ? Moi je sais comment ça s'est passé... Le panorama, mon œil. Francesco s'est arrêté parce qu'il avait envie de pisser. Il voulait pas faire sur la route. C'est un jeune homme bien élevé. Il a enjambé le muret et il s'est soulagé et cette putain l'a poussé en bas. Mais personne me croit. Je te pousse un petit coup et salut. Assassiné.

— Et pourquoi ?

— Tu l'as dit. Pourquoi ? Je sais pas. Il avait pas un rond. Je sais vraiment pas. J'en dors plus la nuit. Mais la salope a payé... Je lui ai... Bon, laissons tomber, il est tard. Bonne nuit.

Il a jeté sa cigarette par la fenêtre et il s'est allongé et au bout de deux minutes il dormait et au bout de trois il ronflait.

6.

Quand je me suis réveillé, le vieux n'était plus là. Il avait laissé son lit défait, un paquet de Dunhill froissé sur le rebord de la fenêtre, son caleçon par terre et la bouteille d'eau à moitié vide.

Il faisait chaud. Les cigales braillaient.

Je me suis levé et j'ai regardé dans la cuisine. Maman repassait et écoutait la radio. Ma sœur jouait sur le sol. J'ai fermé la porte.

La valise du vieux était sous le lit. Je l'ai ouverte et j'ai regardé dedans.

Des vêtements. Un flacon de parfum. Une bouteille de Stock 84. Une cartouche de cigarettes. Un petit porte-documents avec dedans plusieurs photographies. La première était celle d'un garçon grand et maigre, vêtu d'un bleu de mécanicien. Il souriait. Il ressemblait au vieux. Francesco, celui qui s'était balancé en bas avec le zizi sorti.

Dans le porte-documents, il y avait aussi des coupures de journaux. Elles parlaient de la mort de Francesco. Il y avait même une photo de sa femme. On aurait dit une danseuse de la télévision. J'ai trouvé aussi un cahier d'écolier à lignes avec son protège-cahier en plastique coloré. Je l'ai ouvert. Sur la première page, il y avait écrit : ce cahier appartient à Filippo Carducci. CM1.

Les premières pages étaient arrachées. Je l'ai feuilleté. Il y avait des dictées, des résumés, et une rédaction.

Raconte ce que tu as fait dimanche.

Dimanche, mon papa est rentré. Mon papa vit en Amérique très souvent et il revient de temps en temps. Il a une villa avec une piscine et un plongeoir et il y a des ratons laveurs. Ils vivent dans le jardin. Moi je dois y aller. Lui il est en Amérique pour le travail et quand il revient il me rapporte toujours des cadeaux. Cette fois il m'a apporté des sortes de raquettes de tennis qui se mettent sous les pieds et comme ça on peut marcher sur la neige. Sans ça, on s'enfonce et on peut même mourir. Quand j'irai à la montagne je devrai les utiliser quand je vais sur la neige. Papa m'a dit que ces raquettes elles sont utilisées par les Esquimaux. Les

Esquimaux vivent sur la glace au Pôle Nord et ils ont aussi des maisons en glace. Dedans, ils n'ont pas de frigo parce que ça ne servirait à rien. Ils mangent beaucoup de phoques et quelquefois des pingouins. Il a dit qu'un jour il m'emmène. Je lui ai demandé si Peppino peut venir avec nous. Peppino c'est notre jardinier et il doit couper toutes les plantes et quand c'est l'hiver il doit enlever toutes les feuilles de la pelouse. Peppino a au moins cent ans et dès qu'il voit une plante il la coupe. Il se fatigue beaucoup et le soir il doit mettre ses pieds dans l'eau chaude. S'il vient avec nous au Pôle Nord il n'a rien à faire là-bas il n'y a pas de plantes il n'y a que la neige et il peut se reposer. Papa a dit qu'il doit réfléchir si Peppino peut venir avec nous. Après être allés à l'aéroport on est allés manger au restaurant moi, mon papa et ma maman. Ils ont parlé de là où je dois aller au collège. Si je dois être à Pavie ou bien en Amérique. Moi j'ai rien dit mais je préfère Pavie où vont tous mes copains. En Amérique je peux jouer avec les ratons laveurs. Après le repas on est rentrés à la maison et j'ai mangé une autre fois et je suis allé au lit. Voilà ce que j'ai fait dimanche. Mes devoirs je les avais faits samedi.

J'ai refermé le cahier de Filippo et je l'ai glissé dans le porte-documents.

Au fond de la valise, il y avait une serviette

de toilette roulée. Je l'ai ouverte et dedans il y avait un pistolet. Je suis resté à le fixer. Il était grand, il avait la crosse en bois et il était noir. Je l'ai soulevé. Il était très lourd. Peut-être qu'il était chargé. Je l'ai remis en place.

« En suivant une libellule dans un pré, un jour que j'avais rompu avec le passé », chantait la radio.

Maman dansait et en même temps elle repassait et elle chantait elle aussi. « Quand je croyais y être arrivé, je suis tombé. »

Elle était de bonne humeur. Depuis une semaine, elle était pire qu'un chien enragé et maintenant elle chantait toute contente de sa voix rauque et masculine. « Une phrase stupide, un vulgaire double sens, m'a alarmé... »

Je suis sorti de ma chambre en boutonnant mon short. Elle m'a souri. — Le voilà ! Le petit monsieur qui ne dormait pas avec les invités... Bonjour ! Viens me faire un bisou sur la joue. Fort, je le veux. Je veux voir avec quelle force tu réussis à me le faire.

— Tu m'attrapes ?

— Oui. Je t'attrape.

J'ai pris mon élan et j'ai sauté dans ses bras et elle m'a saisi au vol et elle m'a collé un bisou sur la joue. Puis elle m'a serré et elle m'a fait tourner. Moi aussi je lui ai fait un tas de bisous.

— Moi aussi ! Moi aussi ! » a crié Maria. Elle a lancé ses poupées en l'air et elle s'est agrippée à nous.

— C'est mon tour. C'est mon tour. Pousse-toi, je lui ai dit.

— Michele, ne sois pas comme ça. » Maman a pris aussi Maria. « Tous les deux ! » et elle a commencé à tourner dans la pièce en chantant à tue-tête. « Le magasin qui contient tant de caisses, les unes noires, d'autres jaunes, d'autres rouges... »

D'un côté et de l'autre. D'un côté et de l'autre. Jusqu'à ce qu'on s'écroule sur le divan.

— Sentez... Le cœur. Sentez le cœur... de votre... mère... meurt. » Elle était essoufflée. Nous avons posé la main sur son sein, dessous il y avait un tambour.

Nous sommes restés l'un à côté de l'autre, vautrés sur les coussins. Puis maman a arrangé ses cheveux et elle m'a demandé : — Alors Sergio t'a mangé cette nuit ?

— Non.

— Il t'a laissé dormir ?

— Oui.

— Il ronflait ?

— Oui.

— Comment il ronflait ? Montre-moi.

J'ai essayé de faire le bruit.

— Mais ça c'est un cochon ! C'est les cochons qui font ça. Maria, montre-nous comment ronfle papa.

Et Maria a fait papa.

— Vous n'êtes pas forts. Maintenant je vais vous faire entendre papa.

Elle le faisait tout pareil. Avec le sifflement.

On s'est bien marré.

Elle s'est levée et a tiré sur sa robe. — Je vais faire chauffer ton lait.

Je lui ai demandé : — Et papa, il est où ?

— Il est sorti avec Sergio... Il a dit que la semaine prochaine il nous emmène à la mer. Et qu'on ira même au restaurant manger des moules.

Maria et moi avons sauté sur le divan. — On va à la mer ! A la mer ! On va man-ger des mou-les !

Maman a regardé vers les champs puis elle a fermé les volets. — Espérons.

J'ai pris mon petit déjeuner. Il y avait de la génoise. J'en ai mangé deux tranches trempées dans mon lait. Sans me faire voir, j'en ai coupé une autre, je l'ai enveloppée dans ma serviette et je l'ai fourrée dans ma poche.

Filippo allait être content.

Maman a débarrassé la table. — Dès que tu as fini, emmène ce gâteau chez Salvatore. Mets-toi un tee-shirt propre.

Maman était bonne cuisinière. Et quand elle préparait des gâteaux ou des macaronis au four ou qu'elle cuisait le pain, elle en faisait toujours plus et elle le vendait à la maman de Salvatore.

Je me suis lavé les dents, j'ai mis mon tee-shirt des jeux Olympiques et je suis sorti, le plat à gâteaux entre les mains.

Il n'y avait pas de vent. Le soleil tapait à pic sur les maisons.

Maria était assise sur les marches avec ses Barbie dans un croissant d'ombre. — Tu sais la construire, toi, une maison pour les poupées ?

— Bien sûr. » Je l'avais jamais fait, mais ça devait pas être très compliqué. « Dans le camion de papa, il y a une grosse boîte. On peut la couper et en faire une maison. Et puis la peindre. Mais j'ai pas le temps, là. Je dois aller chez Salvatore. » Je suis descendu dans la rue.

Il n'y avait personne. Rien que les poules qui grattaient dans la poussière et les hirondelles qui se faufilaient sous les toits.

Du bruit provenait du hangar. Je me suis

approché. La 127 de Felice avait le capot ouvert et elle penchait toute d'un côté. De dessous pointait une paire de gros rangers noirs.

Quand Felice était à Acqua Traverse, il bricolait toujours sur sa voiture. Il la lavait. Il la graissait. Il l'époussetait. Il avait même peint dessus une large bande noire comme sur celle des policiers américains. Il démontait le moteur et puis il n'arrivait plus à le remonter ou bien il perdait un boulon, alors il nous obligeait à aller jusqu'à Lucignano pour le lui acheter.

— Michele ! Michele, viens ici ! a hurlé Felice de dessous la voiture.

Je me suis arrêté. — Qu'est-ce que tu veux ?

— Aide-moi.

— Je peux pas. Je dois faire une course pour ma mère. » Je voulais donner le gâteau à la maman de Salvatore, sauter sur le Clou et foncer chez Filippo.

— Viens ici.

— Je peux pas... J'ai un truc à faire.

Il a grondé. — Si tu viens pas ici, je te tue...

— Qu'est-ce que tu veux ?

— Je suis coincé. Je peux plus bouger. Une roue s'est détachée pendant que j'étais dessous, putain de bordel. Je suis là-dessous depuis une demi-heure !

J'ai regardé sous le capot, à travers le moteur je voyais la face noire de cambouis et les yeux rouges et désespérés. — Je vais appeler ton père ?

Le père de Felice, dans sa jeunesse, était mécanicien. Et quand Felice bricolait dans sa voiture, il se mettait dans une rage noire.

— T'es con ou quoi ? Il va me faire les couilles au carré... Aide-moi.

Je pouvais m'en aller et le laisser là. J'ai regardé autour de moi.

— N'y pense même pas... Je vais sortir de là et quand je sors je te casse en deux comme un bâton de réglisse. De toi, il restera qu'une tombe où tes parents iront porter des fleurs, a dit Felice.

— Qu'est-ce que je dois faire ?

— Prends le cric dans la voiture et mets-le près de la roue.

Je l'ai mis et j'ai tourné la manivelle. Lentement, la voiture s'est soulevée.

Felice poussait des mugissements de joie. — Voilà comme ça. Comme ça je sors. Bravo !

Il a glissé dehors. Il avait la chemise toute salie d'huile noire. Il s'est passé une main sur les cheveux. — J'ai cru que j'allais crever là-dessous. Je me suis bousillé le dos. Tout ça à cause de ce Romain de merde ! » Il s'est mis à faire des pompes en jurant.

— Le vieux ?

— Oui, je peux pas le blairer. » Il s'est remis debout et a flanqué des coups de pied dans les sacs de maïs. « Je lui ai dit que je peux pas monter jusque là-haut avec ma bagnole. Sur cette route j'explose mes amortisseurs, mais lui il en a rien à foutre. Pourquoi il y va pas lui avec sa Mercedes de merde ? Pourquoi il s'y colle pas lui ? Moi j'en peux plus. Et fais pas ci et fais pas ça. Il m'a chié une pendule parce que je suis allé une ou deux fois à la mer. C'était vachement mieux quand ce trou du cul était pas là. Mais moi je me tire... » Il a donné un coup de poing dans le tracteur et il s'est défoulé en cassant les cagettes en bois. « S'il me dit encore une fois que je suis un abruti, je lui flanque un pain que je te le scotche au mur. Et maintenant, bordel, comment je fais pour aller là-haut... ? » Il s'est figé et s'est souvenu que j'étais là. Il m'a attrapé par le tee-shirt et m'a collé son nez contre la figure. « Et raconte à personne ce que j'ai dit, compris ? Si je découvre que t'as cafté un seul mot, je te coupe la quéquette et je me la bouffe sautée aux brocolis... » Il a sorti de sa poche un couteau à cran d'arrêt. La lame a jailli à deux centimètres de la pointe de mon nez. « Compris ?

J'ai balbutié. — Compris.

Il m'a jeté par terre. — A personne ! Et maintenant, disparais. » Et il s'est mis à tourner en rond dans le hangar.

J'ai pris le gâteau et j'ai déguerpi.

La famille Scardaccione était la plus riche d'Acqua Traverse.

Le père de Salvatore, maître Emilio Scardaccione, avait beaucoup de terres. Des tas de gens, surtout à la période des moissons, trimaient pour lui. Ils arrivaient de l'extérieur. De loin. Sur des camions. A pied.

Même papa, pendant des années, avant de devenir routier, était allé travailler comme saisonnier chez maître Scardaccione.

Pour entrer chez Salvatore, vous passiez par un portail en fer forgé, puis vous traversiez une cour avec des buissons carrés, un palmier très très long et une fontaine en pierre avec des poissons rouges, vous montiez un escalier en marbre avec des marches hautes et vous étiez arrivé.

A l'entrée, vous trouviez un couloir sombre, sans fenêtre, si long qu'on pouvait y faire de la bicyclette. D'un côté il y avait une enfilade de chambres à coucher toujours fermées, de l'autre le salon. C'était une grande pièce avec des anges peints au plafond et une table longue et brillante avec les chaises autour. Entre deux tableaux aux cadres dorés, il y avait une vitrine contenant des tasses et des verres précieux et des photographies d'hommes en uniforme. Près de la porte d'entrée, il y avait l'armure médiévale avec à la main une masse faite d'une boule pleine de clous. L'avocat l'avait achetée dans la ville de Gubbio. On ne pouvait pas la toucher parce qu'elle tombait.

Pendant la journée les persiennes n'étaient jamais ouvertes. Même pas en hiver. Ça sentait le renfermé, le bois ancien. On avait l'impression d'être à l'église.

Madame Scardaccione, la mère de Salvatore, était une grosse dondon haute d'un mètre et demi et elle mettait un filet sur ses cheveux. Elle avait les jambes gonflées comme des saucisses et elles lui faisaient toujours mal et elle ne sortait qu'à Noël et à Pâques pour aller chez le coiffeur à Lucignano. Elle passait sa vie à la cuisine, la seule pièce lumineuse de la maison, en compagnie de sa sœur, tante Lucilla, entre vapeurs et odeurs de ragoût.

On aurait dit deux phoques. Elles penchaient la tête ensemble, elles riaient ensemble, elles tapaient des mains ensemble. Deux gros phoques apprivoisés, avec une permanente. Elles passaient toute la journée dans deux fauteuils râpés à contrôler qu'Antonia, la bonne, ne faisait pas de bêtises, ne se reposait pas trop.

Tout devait être en ordre pour quand maître Scardaccione rentrait de la ville. Mais maître Scardaccione ne rentrait jamais. Et quand il rentrait, il voulait s'en aller.

— Lucilla ! Lucilla, regarde qui est là ! a dit Letizia Scardaccione quand elle m'a vu entrer dans la cuisine.

Tante Lucilla a levé la tête de sa machine à coudre et a souri. Sur son nez, elle avait des culs-de-bouteille qui lui faisaient des yeux petits comme des plombs de chasse. — Michele ! Mon beau Michele ! Tu nous apportes un gâteau ?

— Oui madame. Le voilà. » Je le lui ai tendu.

— Donne-le à Antonia.

Antonia était en train de farcir des poivrons, assise à la table.

Antonia Amirati avait dix-huit ans, elle était

maigre mais pas trop. Elle avait les cheveux roux et les yeux bleus et quand elle était petite, ses parents étaient morts dans un accident de la route.

Je suis allé vers Antonia et je lui ai donné le gâteau. Elle m'a caressé la tête avec le dos de la main.

J'aimais beaucoup Antonia, elle était belle et j'aurais bien aimé me fiancer avec elle, mais elle était trop vieille et elle avait un copain à Lucignano qui installait les antennes de la télévision.

— Comme elle est douée, ta maman, hein ! a dit Letizia Scardaccione.

— Et comme est belle ! a ajouté tante Lucilla.

— Et toi aussi, tu es vraiment un beau garçon. N'est-ce pas, Lucilla ?

— Il est vraiment beau.

— Antonia, il n'est pas beau, notre Michele ? S'il était grand, tu ne l'épouserais pas ?

Antonia a ri. — Tout de suite, je l'épouserais.

Tante Lucilla m'a attrapé la joue et elle me l'a presque détachée. — Et toi, tu la prendrais, Antonia ?

Je suis devenu tout rouge et j'ai fait non de la tête.

Et les deux sœurs se sont mises à rire toutes contentes et elles n'en finissaient plus.

Puis Letizia Scardaccione a pris un petit sac. — Là-dedans, il y a des vêtements trop petits pour Salvatore. Prends-les. Si les pantalons sont trop longs, je te les raccourcis. Prends-les, fais-moi ce plaisir. Regardez-moi ça comme t'es fagoté.

J'aurais bien aimé. Ils étaient comme neufs. Mais maman disait que nous, on acceptait l'aumône de personne. Surtout de ces deux-là. Elle disait que mes habits, ils allaient très bien. Et que c'était elle qui décidait du moment où il fallait les changer. — Merci, madame. Mais je peux pas.

Tante Lucilla a ouvert une boîte en fer et elle a tapé des mains. — Regarde ce que j'ai ici. Des bonbons au miel ! Tu aimes les bonbons au miel ?

— Beaucoup, madame.

— Sers-toi donc.

Ça je pouvais en prendre. Maman pouvait pas le savoir parce que je les mangeais tous. J'en ai fait une belle réserve. Je m'en suis rempli les poches.

Et Letizia Scardaccione a ajouté : — Et donnes-en à ta sœur. La prochaine fois que tu viens, amène-la aussi.

J'ai répété comme un perroquet : — Merci, merci, merci...

— Avant de t'en aller, va saluer Salvatore. Il est dans sa chambre. Mais s'il te plaît, ne reste pas trop, il doit jouer du piano. Il a sa leçon aujourd'hui.

Je suis sorti de la cuisine et j'ai parcouru ce couloir sinistre, avec ces meubles noirs et tristes. Je suis passé devant la chambre de Nunzio. La porte était fermée à clé.

Un jour, je l'avais trouvée ouverte et j'étais entré.

Il n'y avait rien, sauf un lit haut avec des barreaux en fer et des sangles de cuir. Au centre, le carrelage du sol était tout rayé et abîmé. Quand vous passiez devant la villa, vous voyiez Nunzio qui allait et venait, de la porte à la fenêtre.

L'avocat avait tout essayé pour le faire guérir, une fois il l'avait même emmené chez Padre Pio, mais Nunzio s'était accroché à une Madone et il l'avait fait tomber et les frères l'avaient chassé de l'église. Depuis qu'il était à l'asile, il n'était plus revenu à Acqua Traverse.

Je devais aller chez Filippo, je le lui avais promis. Je devais lui apporter le gâteau et les bonbons. Mais il faisait chaud. Il pouvait attendre. De toute façon, ça changeait rien. Et puis j'avais envie de rester un peu avec Salvatore.

J'ai entendu le piano à travers la porte de sa chambre. J'ai frappé.

— Qui est là ?

— Michele.

— Michele ? » Il m'a ouvert, a regardé autour de lui comme s'il était recherché, il m'a poussé à l'intérieur et a fermé à clé.

La chambre de Salvatore était grande, dépouillée et haute de plafond. Contre une paroi, il y avait un piano droit. Contre une autre, un lit si haut qu'il fallait prendre une petite échelle pour y monter. Et une longue bibliothèque avec dedans des tas de livres classés selon les couleurs des couvertures. Les jeux étaient rangés dans un tiroir. Un rideau blanc et lourd laissait filtrer un rayon de lumière où dansait la poussière.

Au milieu de la pièce, sur le sol, il y avait le tapis vert du Subbuteo. Disposés dessus, la Juventus et le FC Turin.

Il m'a demandé : — Qu'est-ce que tu fais là ?

— Rien. J'ai apporté un gâteau. Je peux rester ? Ta mère a dit que tu as ta leçon...

— Oui, reste – il a baissé la voix –, mais si

elles s'aperçoivent que je joue pas, elles vont plus me lâcher. » Il a pris un disque et l'a placé sur le tourne-disque. « Comme ça, elles croient que je joue. » Et il a précisé, très sérieux : « C'est Chopin.

— Qui c'est Chopin ?

— Un bon.

Salvatore et moi avions le même âge, pourtant il me paraissait plus vieux. Un peu parce qu'il était plus grand que moi, un peu parce qu'il avait des chemises blanches toujours propres et des pantalons longs et avec le pli. Un peu à cause du ton toujours calme qu'il employait. Elles l'obligeaient à jouer, un professeur venait une fois par semaine de Lucignano pour lui donner des leçons, et lui, même s'il détestait la musique, il ne se plaignait pas et il ajoutait toujours : — Mais quand je suis grand, j'arrête.

— T'as envie de faire une partie ?

Le Subbuteo était mon jeu préféré. Je n'étais pas très bon, mais j'adorais ça. En hiver, avec Salvatore nous faisions des tournois infinis, nous passions des après-midi entiers à donner des chiquenaudes à ces petits footballeurs en plastique. Salvatore jouait même tout seul. Il sautait d'un côté à l'autre. S'il ne jouait pas au Subbuteo, alors il disposait en colonne des milliers de soldats de plomb dans la chambre, et il en recouvrait le sol jusqu'à ce qu'il n'y ait même plus de place pour mettre les pieds. Et quand ils étaient enfin ordonnés en des troupes géométriques, il commençait à les déplacer un par un. Il passait des heures en silence à disposer des armées pour ensuite, quand Antonia venait lui dire que le dîner était servi, les ranger tous dans des boîtes à chaussures.

— Regarde », m'a-t-il dit, et il a sorti d'un tiroir huit petites boîtes en carton vert. Chacune contenait une équipe de foot. « Regarde ce que m'a offert papa. Il me les a apportées de Rome.

— Tout ça ? » Je les ai prises entre mes mains. Il devait être vraiment riche, l'avocat, pour dépenser tous ces sous.

Chaque année que le bon Dieu faisait, pour ma fête et à Noël, je demandais à papa et au Petit Jésus de m'offrir un Subbuteo, mais il y avait pas moyen, aucun des deux n'entendait. Rien qu'une équipe, ça me suffisait. Sans le terrain et sans les buts. Même de deuxième division. J'aurais aimé me pointer chez Salvatore avec mon équipe parce que, j'en étais sûr, si elle avait été à moi, j'aurais mieux joué, j'aurais pas tant perdu. Ces joueurs, je les aurais aimés, j'en aurais pris soin et j'aurais battu Salvatore.

Lui il en avait déjà quatre, d'équipes. Et maintenant son père lui en avait offert huit autres.

Et pourquoi moi, rien ?

Parce que mon papa en avait rien à fiche de moi, il disait qu'il m'aimait mais c'était pas vrai. Il m'avait ramené une stupide barque de Venise à poser sur la télé. Et j'avais même pas le droit d'y toucher.

J'en voulais une. Si son père lui en avait offert quatre, passe encore, mais huit. Maintenant, en tout, ça lui en faisait douze.

Une de moins, qu'est-ce que ça changeait pour lui ? Je me suis éclairci la voix et j'ai murmuré : — Tu m'en offres une ?

Salvatore a froncé les sourcils et s'est mis à tourner en rond dans la pièce. Puis il a dit : — Je suis désolé, moi je t'en donnerais volontiers une, mais c'est impossible. Si papa apprend que je te l'ai donnée, il pique une colère.

C'était pas vrai. Depuis quand son père vérifiait ses équipes ? Salvatore était avare.

— Bon, j'ai compris.

— De toute façon, qu'est-ce que ça change ? Tu peux venir y jouer quand tu veux.

Si j'avais un truc à donner en échange, peut-être qu'il me la filait. Mais j'avais rien.

Bien sûr que si, j'avais un truc à échanger.

— Si je te dis un secret, tu m'en donnes une ?

Salvatore m'a regardé de travers. — Quel secret ?

— Un secret incroyable.

— Aucun secret ne peut valoir une équipe.

— Le mien si. » J'ai embrassé mes deux index. « Je te le jure.

— Et si après c'est une embrouille ?

— C'en est pas une. Mais si tu dis que c'est une embrouille, je te redonne l'équipe.

— Moi, les secrets, je m'en fiche.

— Peut-être. Mais le mien il est super. Je l'ai dit à personne. Si Rackam l'apprend, il biche comme un fou...

— T'as qu'à le dire à Rackam, alors.

Désormais j'étais prêt à tout. — Je prends même la Lanerossi Vicenza.

Salvatore a écarquillé les yeux. — Même la Lanerossi Vicenza ?

— Oui.

La Lanerossi Vicenza, nous la détestions. Elle portait la poisse. Si vous jouiez avec, vous perdiez toujours. Aucun de nous deux n'avait jamais gagné avec cette équipe. Et elle avait un joueur décapité, un autre rafistolé avec de la colle et le goal était tout tordu.

Salvatore a réfléchi un peu et finalement il a concédé : — D'accord, mais si c'est un secret de merde, je te la donne pas.

Et c'est ainsi que je lui ai tout raconté. Ma chute de l'arbre. Le trou. Filippo. Sa folie. Sa jambe malade. La puanteur. Felice qui le gardait. Papa et le vieux qui voulaient lui couper les oreilles. Francesco qui s'était balancé en bas avec le zizi dehors. Sa mère à la télévision.

Tout.

J'éprouvais une très belle sensation. Comme le jour où j'avais mangé un plein bocal de pêches au sirop. Après, j'avais été malade, j'avais l'impression d'exploser, dans mon ventre il y avait un tremblement de terre et j'avais même eu de la fièvre et maman m'avait d'abord flanqué une gifle, puis elle m'avait mis la tête dans la cuvette des WC et enfoncé deux doigts dans la gorge. Et j'avais expulsé une quantité infinie de bouillie jaune et acide. Et j'avais recommencé à vivre.

Tandis que je parlais, Salvatore restait silencieux, impassible.

Et j'ai conclu. — Et puis il parle toujours

de ces ratons laveurs. De ces ratons qui lavent le linge. Je lui ai dit qu'ils existent pas, mais lui il m'écoute pas.

— Ils existent les ratons laveurs.

Je suis resté bouche bée. — Comment ça, ils existent? Mon père il a dit qu'ils existent pas.

— Ils vivent en Amérique. » Il a pris sa Grande Encyclopédie des animaux et il l'a feuilletée. « Le voilà. Regarde. » Il m'a passé le livre.

Il y avait la photographie en couleur d'une espèce de renard. Avec le museau blanc et sur les yeux une sorte de masque noir comme celui de Zorro. Mais il était plus poilu qu'un renard et il avait des pattes plus petites et avec il pouvait prendre les choses. Entre ses mains, il serrait une pomme. C'était un animal très joli. — Alors il existe...

— Oui. » Salvatore a lu : « Genre de carnivores ursidés de la famille des Procyonidés, au corps un peu trapu, au museau pointu et à grosse tête, aux grands yeux cerclés de taches brun noir. Le pelage est gris et la queue pas très longue. Il vit au Canada et aux Etats-Unis. Il est communément appelé raton laveur pour sa curieuse habitude de laver les aliments avant de les manger. »

— C'est pas le linge qu'il lave, mais la nourriture... Voilà. » J'étais bouleversé. « Et moi qui lui a dit qu'ils existaient pas.

Salvatore m'a demandé : — Et pourquoi ils le gardent là-dedans ?

— Parce qu'ils veulent pas le rendre à sa mère. » Je lui ai saisi un poignet. « Tu veux venir le voir ? On peut y aller tout de suite. Ça te va ? Je connais un raccourci... Ça nous prend pas longtemps.

Il ne m'a pas répondu. Il a remis les joueurs dans leurs boîtes et il a roulé le terrain du Subbuteo.

— Alors ? Ça te va ?

Il a tourné la clé et a ouvert la porte. — Je ne peux pas. Le maestro va arriver. Si je n'ai pas fait mes exercices, il le dit aux deux autres et elles vont me sonner les cloches.

— Mais comment ? Tu veux pas le voir ? Il te plaît pas mon secret ?

— Pas vraiment. Les fous dans des trous, ça ne m'intéresse pas.

— Tu me donnes la Vicenza ?

— Prends-la. De toute façon moi elle me dégoûte. » Il m'a collé la boîte entre les mains et m'a poussé hors de la chambre. Et il a fermé la porte.

Je pédalais vers la colline et je ne comprenais pas.

Comment pouvait-il se ficher d'un enfant enchaîné dans un trou ? Salvatore m'avait dit que mon secret le dégoûtait.

Il ne fallait pas le lui dire. J'avais gâché mon secret. Et pour y gagner quoi ? La Lanerossi Vicenza, qui portait la poisse.

J'étais pire que Judas qui avait joué Jésus pour trente deniers. Avec trente deniers, qui sait combien d'équipes on pouvait acheter.

J'avais glissé la boîte dans mon short. Elle me gênait. Les angles me rentraient dans la peau. Je voulais la jeter, mais n'en avais pas le courage.

J'aurais aimé revenir en arrière dans le temps. J'aurais donné le gâteau à madame Scardaccione et je serais parti, sans passer voir Salvatore.

J'ai gravi la côte si vite que quand je suis arrivé j'avais envie de vomir.

J'avais abandonné mon vélo un peu avant la montée et le dernier tronçon, je l'avais fait à pied en courant dans le blé. J'avais l'impression que mon cœur allait s'arracher de ma poitrine. Je voulais foncer voir Filippo, mais j'ai dû m'affaler sous un arbre et attendre que mon essoufflement passe.

Quand je me suis senti mieux, j'ai regardé si Felice était dans les parages. Personne. Je suis entré dans la maison, j'ai pris la corde.

J'ai déplacé la plaque et je l'ai appelé. — Filippo !

— Michele ! » Il s'est mis à s'agiter. Il m'attendait.

— Je suis venu, t'as vu ? T'as vu que je suis venu ?

— Je le savais.

— C'est les ratons laveurs qui te l'ont dit ?

— Non. Je le savais. Tu l'avais promis.

— T'avais raison, les ratons laveurs ils existent. Je l'ai lu dans un livre. J'en ai même vu un en photo.

— Ils sont beaux non ?

— Très. T'en as déjà vu ?

— Oui. Tu les entends ? Tu les entends comme ils sifflent.

J'entendais aucun sifflement. Y avait rien à faire. Il était dingo.

— Tu viens ? » Il m'a fait signe de descendre.

J'ai saisi la corde. — J'arrive. » Je me suis laissé glisser en bas.

Ils avaient fait le ménage. Le seau était vide. La gamelle était pleine d'eau. Filippo était enveloppé dans sa couverture dégoûtante, mais ils l'avaient lavé. Ils lui avaient bandé la cheville. Et autour de son pied, il n'y avait plus la chaîne.

— Ils t'ont lavé !

Il a souri. Les dents, ils les lui avaient pas lavées.

— C'était qui ?

— Le seigneur des vers et ses nains serviteurs. Ils sont descendus et ils m'ont lavé en entier. Moi j'ai dit qu'ils pouvaient me laver tout ce qu'ils voulaient mais que toi tu les attraperais quand même et qu'ils pouvaient fuir tout ce qu'ils voulaient mais que toi tu pouvais les suivre pendant des kilomètres sans te fatiguer.

Je lui ai saisi un poignet. — Tu leur as dit mon nom ?

— Quel nom ?

— Le mien.

— Et c'est quoi ton nom ?

— Michele...

— Michele ? Non.

— Tu viens de m'appeler Michele.

— Toi tu t'appelles pas Michele.

— Et comment je m'appelle ?

— Dolorès.

— Je m'appelle pas Dolorès, moi. Je suis Michele Amitrano.

— Si tu le dis. » J'ai eu l'impression qu'il se moquait de moi.

— Mais tu lui as dit quoi au seigneur des vers ?

— Que l'ange gardien allait les attraper.

J'ai poussé un soupir de soulagement. — Ah, c'est bien ! T'as dit que j'étais l'ange gardien. » J'ai sorti la génoise de ma poche. « Regarde ce que je t'ai apporté. Elle s'est émiettée... » J'ai pas eu le temps de finir ma phrase qu'il s'est jeté contre moi.

Il m'a arraché ce qui restait du biscuit et se l'est fourré tout entier dans la bouche, puis, les yeux fermés, il a cherché les miettes.

Il farfouillait de partout. — Encore ! Encore ! Donne-m'en encore ! » Il me griffait avec ses ongles.

— J'en ai plus. Je te jure. Attends... » Dans ma poche arrière j'avais les bonbons. « Tiens. Prends.

Il les enlevait du papier, les mâchait et les avalait à une vitesse incroyable.

— Encore ! Encore !

Il ne voulait pas croire que je n'avais plus rien. Il continuait à chercher les miettes.

— Demain, je t'en apporte encore. Qu'est-ce que tu veux ?

Il s'est gratté la tête. — Je veux... Je veux...

Du pain. Du pain avec du beurre. Avec du beurre et de la confiture. Et du jambon. Et du fromage. Et du chocolat. Un sandwich très gros.

— Je vais voir ce qu'il y a à la maison.

Je me suis assis. Filippo n'arrêtait pas de me toucher les pieds et de détacher mes sandales.

Tout à coup une idée m'est venue. Une grande idée.

Il n'avait pas la chaîne. Il était libre. Je pouvais l'emmener dehors.

Je lui ai demandé : — T'as envie de sortir ?

— Sortir où ?

— Sortir dehors.

— Dehors ?

— Oui, dehors. Dehors du trou.

Il est resté silencieux et a demandé : — Du trou ? Quel trou ?

— Ce trou-là. Là-dedans. Là où on est.

Il a fait non de la tête. — Il n'y a pas de trous.

— Ça c'est pas un trou ?

— Non.

— Mais si, c'est un trou et tu l'as dit toi-même.

— Quand je l'ai dit ?

— T'as dit que le monde est tout plein de trous où il y a les morts dedans.

— Tu te trompes. Je n'ai pas dit ça.

Je commençais à perdre patience. — Et où on est alors ?

— Dans un endroit où on attend.

— Et qu'est-ce qu'on attend ?

— D'aller au paradis.

Il avait un peu raison. Si vous restiez là-dedans toute votre vie, vous mouriez et puis votre âme s'envolait au paradis. Et si vous discutiez avec Filippo, vos pensées s'embrouillaient.

— Allez, viens, je t'emmène dehors. Viens. » Je l'ai pris, mais il s'est tout raidi et il tremblait. « Bon, bon, d'accord. On sort pas. Mais reste tranquille. Je vais rien te faire.

Il a enfilé sa tête sous la couverture. — Dehors, il n'y a pas d'air. Dehors j'étouffe. Je ne veux pas y aller.

— C'est pas vrai. Dehors il y a plein d'air. Moi je suis toujours dehors et j'étouffe pas. Comment ça se fait ?

— Toi tu es un ange

Je devais le raisonner. — Ecoute-moi bien. Hier je t'ai juré que je revenais et je suis revenu. Maintenant je te jure que si tu viens dehors, il t'arrive rien. Tu dois me croire.

— Pourquoi je dois aller dehors ? Moi je suis bien ici.

Je devais lui dire un mensonge. — Parce que dehors, il y a le paradis. Et moi je dois t'emmener au paradis. Je suis un ange et t'es mort et je dois t'emmener au paradis.

Il a réfléchi un peu. — Pour de vrai ?

— Pour de vrai.

— On y va alors. » Et il s'est mis à pousser des cris aigus.

J'ai essayé de le mettre droit, mais il gardait les jambes repliées. Il ne tenait pas debout. Si je ne le soutenais pas, il tombait. A la fin, je lui ai attaché la corde autour du torse. Et j'ai enveloppé sa tête dans la couverture, comme ça il restait tranquille. Je suis remonté et j'ai commencé à le hisser. Il était trop lourd. Il était là, à vingt centimètres du sol, tout raidi et de traviole et moi au-dessus, avec la corde sur l'épaule, tout courbé en avant et sans la force pour le tirer en haut.

— Aide-moi, Filippo. J'y arrive pas.

Mais il était lourd comme un rocher et la corde me glissait des mains. J'ai fait un pas en arrière et la corde est devenue lâche. Il avait touché terre.

Je me suis penché au-dessus du trou. Il était renversé, les quatre fers en l'air, la couverture sur la tête.

— Filippo, tout va bien ?

— Je suis arrivé ? il a demandé.

— Attends. » J'ai couru autour de la maison pour chercher une planche, un pieu, quelque chose qui pouvait m'aider. Dans l'écurie, j'ai trouvé une vieille porte écaillée et à moitié cassée. Je l'ai traînée jusqu'à la cour. Je voulais la descendre dedans et faire monter Filippo par là. Je l'ai mise droite au bord du trou, mais elle m'est tombée des mains et elle s'est brisée par terre en deux moitiés pleines d'éclats pointus. Le bois était mangé aux vers. Elle était inutilisable.

— Michele ? » Filippo m'appelait.

— Une seconde ! Attends une seconde ! » j'ai hurlé et j'ai pris un morceau de cette saleté de porte et je l'ai balancé sur une échelle.

Une échelle ?

Elle était là, à deux mètres du trou. Une superbe échelle en bois peinte en vert, appuyée contre le lierre qui recouvrait un tas de gravats et de terre. Elle avait toujours été là et je ne l'avais jamais vue. Voilà comment ils descendaient.

— J'ai trouvé une échelle ! » j'ai crié à Filippo. Je l'ai prise et fait glisser dans le trou.

Je l'ai tiré vers le bosquet, sous un arbre. Il y avait les oiseaux. Les cigales. L'ombre.

Et une bonne odeur de terre humide, de mousse.

Je lui ai demandé : — Je peux t'enlever la couverture de la figure ?

— Il y a du soleil ?

— Non.

Il ne voulait pas l'enlever, j'ai fini par le convaincre de se laisser bander les yeux avec mon tee-shirt. Il était content, ça se voyait à sa façon de sourire. Un petit vent lui caressait la peau, il en profitait à fond.

Je lui ai demandé : — Pourquoi ils t'ont mis là ?

— J'en sais rien. Je ne m'en souviens pas.

— De rien du tout ?

— Je me suis retrouvé ici.

— De quoi tu te rappelles ?

— Que j'étais à l'école. » Il balançait la tête. « Ça je m'en rappelle. On avait gym. Et puis je suis sorti. Une voiture blanche s'est arrêtée. Et je me suis retrouvé ici.

— Mais où tu habites ?

— Au 36, rue Modigliani. A l'angle avec la rue du Chevalier d'Arpino.

— Et c'est où ?

— A Pavie.

— En Italie ?

— Oui.

— Ici aussi c'est l'Italie.

Il a cessé de parler. J'ai pensé qu'il s'était endormi, mais à un moment donné il m'a demandé : — C'est quoi ces oiseaux ?

— Des moineaux.

— T'es sûr que c'est pas des chauves-souris ?

— Non. Les chauves-souris, ça dort le jour et ça fait un autre bruit.

— Eh ben, les renards volants, ils volent même de jour et ils gazouillent comme des oiseaux. Et ils pèsent plus d'un kilo. Et s'ils se posent sur des petites branches, ils se cassent la figure. Ça, à mon avis, c'est des renards volants.

Après l'histoire des ratons laveurs, je pouvais plus rien dire, peut-être qu'en Amérique il existait aussi des renards volants.

— Hier j'ai vu ma maman. Elle m'a dit qu'elle ne peut pas venir me chercher parce qu'elle est morte. Elle est morte avec toute ma famille. Sinon, elle a dit, je viendrais tout de suite.

Je me suis bouché les oreilles.

— Filippo, il est tard. Faut que je te ramène en bas.

— Je peux retourner en bas, pour de vrai ?

— Oui.

— D'accord. On y retourne.

Il était resté muet une demi-heure, avec mon tee-shirt noué sur ses yeux. De temps en temps, son cou et sa bouche se raidissaient et les doigts de ses mains et de ses pieds se contractaient comme par un tic. Il était resté comme ensorcelé, immobile, à écouter les renards volants.

— Accroche-toi à mon cou. » Il s'est accroché et je l'ai tiré jusqu'au trou. « Maintenant on descend l'échelle, tiens-toi bien. Me lâche pas.

Ç'avait été difficile. Filippo serrait si fort que je n'arrivais plus à respirer et je ne pouvais pas voir les barreaux de l'échelle, j'étais obligé de les chercher avec les pieds.

Quand on est arrivés en bas, j'étais blanc comme un linge et je haletais. Je l'ai installé dans un coin. Je l'ai couvert et je lui ai donné à boire et je lui ai dit : — Il est super tard. Je dois m'en aller. Papa va me tuer.

— Moi je reste là. Mais tu dois m'apporter des sandwichs. Et aussi du poulet rôti.

— Le poulet, on le mange le dimanche. Aujourd'hui maman elle fait des paupiettes. T'aimes ça, les paupiettes ?

— A la tomate ?

— Oui.

— J'adore.

Ça m'embêtait de le laisser. — Bon, ben je m'en vais... » J'allais m'accrocher à un barreau quand l'échelle a été remontée.

J'ai levé les yeux.

Sur le bord, il y avait quelqu'un avec un capuchon marron sur la tête. Il était habillé comme un soldat. — Coucou ! Coucou ! Avril a disparu. » Il a chanté en faisant des pirouettes. « Au chant du coucou, mai est revenu ! Devine qui je suis ?

— Felice !

— Bravo ! » il a dit, et il est resté un moment silencieux. « Putain, comment t'as fait pour le deviner ? Attends ! Attends une seconde.

Il est parti et quand il est revenu, il avait son fusil dans les bras.

— C'était toi ! » Felice frappait dans ses mains. « C'était toi, putain de bordel ! Je retrouvais les choses placées différemment. Au début, j'ai cru que j'étais fou. Et puis j'ai pensé que c'était Fromagino le fantôme. Et au lieu de ça, c'était toi. Michelino. Tant mieux. Je devenais marteau.

J'ai senti une main enserrer ma cheville. Filippo s'était accroché à mon pied et murmurait : — Le seigneur des vers va et vient. Le seigneur des vers va et vient. Le seigneur des vers va et vient.

Voilà donc qui était le seigneur des vers.

Felice m'a regardé à travers les trous de son capuchon. — T'as fait ami ami avec le petit prince ? T'as vu comme je l'ai bien lavé ? Il faisait des caprices, mais à la fin, c'est moi qu'a gagné. Par contre, la couverture, il a pas voulu me la donner.

J'étais dans un piège. Je n'arrivais pas à le voir. Le soleil qui filtrait entre le feuillage m'aveuglait.

— Attrape ça.

Son couteau s'est planté à terre. A dix centimètres de ma sandale et à vingt de la tête de Filippo.

— T'as vu comme je vise ? Je pouvais te faire exploser le gros doigt de pied comme un rien. Et après, tu faisais quoi, hein ?

Je n'arrivais pas à parler. Ma gorge s'était bouchée.

— Tu faisais quoi avec un doigt en moins ? il a répété. Dis-moi ? dis-moi un peu ?

— Je mourais, vidé de mon sang.

— Bravo. Et par contre, si je te colle un coup de ça – il m'a montré son fusil –, qu'est-ce qui t'arrive ?

— Je meurs.

— Tu vois que tu comprends les choses. Allez, monte ! » Felice avait pris l'échelle et l'avait glissée dans le trou.

Je ne voulais pas, mais je n'avais pas le choix. Il m'aurait tiré dessus. Je n'étais pas sûr de réussir à monter, mes jambes tremblaient.

— Attends, attends, a dit Felice. Tu prends mon couteau, s'il te plaît.

Je me suis penché et Filippo a murmuré : — Tu reviens plus ?

J'ai sorti le couteau de la terre et sans me faire voir, je lui ai répondu tout bas : — Je reviens.

— Promis ?

Felice m'a ordonné : — Referme-le et mets-le dans ta poche.

— Promis.

— Allez ! Allez ! Remonte, petit con. Qu'est-ce t'attends ?

J'ai commencé à monter. Filippo pendant ce temps continuait à murmurer : — Le seigneur des vers va et vient. Le seigneur des vers va et vient. Le seigneur des vers va et vient.

Quand j'étais presque arrivé dehors, Felice m'a pris par le short et de ses deux mains il m'a balancé contre la maison comme un sac.

Je me suis écrasé sur le mur et me suis affalé par terre. J'ai essayé de me lever. J'avais tapé sur le côté. Un élancement de douleur me raidissait la jambe et le bras. Je me suis retourné. Felice avait enlevé son capuchon et il me fonçait dessus au pas de charge en pointant sur moi son fusil. Je voyais le char d'assaut de ses rangers devenir de plus en plus grand.

Il va me tirer dessus, je me suis dit.

J'ai commencé à ramper, tout meurtri, vers le bois.

— Tu voulais le faire s'échapper, hein ? Mais tu t'es gouré. T'as oublié l'hôtesse dans tes calculs. » Il m'a donné un coup de pied aux fesses. « Lève-toi, petit con. Qu'est-ce que tu fous par terre ? Debout ! Tu t'es fait mal par hasard ? » Il m'a soulevé par l'oreille. « Remercie le ciel d'être le fils de ton père. Sinon, à l'heure qu'il est... Bon, je te ramène à la maison. C'est ton père qui décidera de la punition. Moi mon devoir je l'ai fait. J'ai monté la garde. Et je devais te flinguer. » Il m'a traîné dans le bosquet. J'avais tellement peur que je n'arrivais pas à pleurer. Je trébuchais, je me cassais la figure par terre et lui me remettait debout en me tirant par l'oreille. « Bouge-toi, allez, allez, allez !

Nous sommes sortis des arbres.

Face à nous, l'étendue jaune et incandescente du blé s'étirait jusqu'au ciel. Si je me plongeais dedans, il me retrouvait jamais.

Avec le canon de son fusil, Felice m'a poussé vers la 127 et il a dit : — Au fait, rends-moi mon couteau !

J'ai essayé de le lui donner, mais je n'arrivais pas à enfiler ma main dans ma poche.

— Laisse-moi faire ! » Il me l'a pris. Il a ouvert la portière, a basculé le siège et a dit : « Monte !

Je suis entré et devant, il y avait Salvatore.

— Salvatore, qu'est-ce... ? » Le reste est mort sur mes lèvres.

C'était Salvatore. Il avait cafté à Felice.

Salvatore m'a regardé et s'est tourné de l'autre côté.

Je me suis assis derrière sans dire un mot.

Felice s'est installé au volant. — Salvatore, mon vieux, t'as vraiment été super. Donne-moi ta main. » Felice la lui a serrée. « T'avais raison, le fouinard était là-bas. Et moi qui te croyais pas. » Il est descendu. « Les promesses sont les promesses. Et quand Felice Natale fait une promesse, il la tient. Conduis. Mais va doucement.

— Maintenant ? a demandé Salvatore

— Et quand ? Assieds-toi à ma place.

Felice est monté du côté passager et Salvatore s'est glissé au volant. — Ici, c'est parfait pour apprendre. Suffit de suivre la descente et de freiner de temps en temps.

Salvatore Scardaccione m'avait vendu pour une leçon de conduite.

— Fais gaffe, tu vas bousiller ma bagnole ! » Felice hurlait et, la tête collée contre le pare-brise, il surveillait la chaussée défoncée. « Freine ! Freine !

Salvatore dépassait à peine le volant et il le serrait comme s'il avait voulu le briser.

Quand Felice m'avait foncé dessus en pointant son fusil sur moi, je m'étais pissé dessus. Je ne m'en apercevais que maintenant. J'avais le short trempé.

La voiture était pleine de taons affolés. Nous rebondissions sur les bosses, plongions dans les trous. Je devais m'agripper à la poignée.

Salvatore ne m'avait pas dit qu'il voulait conduire. Il pouvait demander à son père de lui donner des leçons de conduite. L'avocat ne lui refusait jamais rien. Pourquoi l'avoir demandé à Felice ?

Tout me faisait mal, les genoux écorchés,

les côtes, un bras et un poignet. Mais surtout le cœur. Salvatore me l'avait brisé.

Il était mon meilleur ami. Une fois, sur une branche du caroubier, on avait même prêté le serment de l'amitié éternelle. Nous rentrions toujours ensemble de l'école. Si l'un des deux sortait le premier, il attendait l'autre.

Salvatore m'avait trahi.

Elle avait raison, maman, de dire que les Scardaccione ils se prenaient pour Dieu sait qui, tout ça parce qu'ils avaient du fric. Et elle disait que si vous vous noyiez, eux ils vous jetaient même pas un coup d'œil. Et moi j'avais imaginé un tas de fois les deux sœurs Scardaccione au bord des sables mouvants et moi qui me noyais et elles qui me lançaient des bonbons au miel et qui disaient qu'elles pouvaient pas se lever à cause de leurs jambes gonflées. Mais avec Salvatore, on était amis.

Je m'étais trompé.

J'avais une envie terrible de pleurer, mais je me suis juré que si une seule larme coulait de mes yeux, je prenais le pistolet du vieux et je me tuais. J'ai sorti de mon short la boîte de la Lanerossi Vicenza. Elle était toute molle de pipi.

Je l'ai posée sur le siège.

Felice a hurlé : — Ça suffit, arrête ! J'en peux plus.

Salvatore a freiné d'un coup, le moteur a calé et la voiture s'est bloquée et si Felice aurait pas mis ses mains en avant, il se cassait les cornes contre le pare-brise.

Il a ouvert en grand la portière et il est descendu. — Dégage !

Salvatore s'est glissé de l'autre côté, muet.

Felice s'est emparé du volant et il a dit : — Mon vieux Salvatore, je te le dis tout net, t'es vraiment nul pour conduire. Laisse tomber. Ton avenir c'est le cyclisme.

Quand nous sommes entrés dans Acqua Traverse, ma sœur, Barbara, Remo et Rackam jouaient à la marelle dans la poussière.

Ils nous ont vus et ils ont arrêté de jouer.

Le camion de papa était pas là. Ni la voiture du vieux.

Felice a garé la 127 sous le hangar.

Salvatore a giclé de la voiture, il a pris son vélo et il a filé sans même me regarder.

Felice a basculé le siège. — Sors dehors !

Je voulais pas sortir.

Un jour, à l'école, j'avais cassé le vitrail de la cour avec un de ces bâtons qui servent à faire de la gym. Je voulais montrer à Angelo Cantini, un camarade de classe, que c'était du verre indestructible. Manque de pot, il s'était transformé en un milliard de petits cubes carrés. Le directeur avait appelé maman et lui avait dit qu'il devait lui parler.

Quand elle était arrivée, elle m'avait regardé et m'avait soufflé à l'oreille : « Nous deux, on règle nos comptes plus tard. » Et elle était entrée chez le directeur tandis que j'attendais assis dans le couloir.

Cette fois-là, j'avais eu peur, mais rien en comparaison de maintenant. Felice allait tout raconter à maman et elle le dirait à papa. Et papa se mettrait très très en colère. Et le vieux m'emmènerait.

— Sors dehors ! m'a répété Felice.

J'ai pris mon courage à deux mains et je suis descendu.

J'avais honte. Mon short était trempé.

Barbara s'est mis une main sur la bouche. Remo a couru vers Rackam. Maria a enlevé ses lunettes et les a nettoyées avec son tee-shirt.

Il y avait une lumière aveuglante, je n'arrivais pas à garder les yeux ouverts. Derrière moi, j'entendais les pas lourds de Felice. Accoudée à la fenêtre, il y avait la maman de

Barbara. A une autre, la maman de Rackam. Elles me fixaient de leurs yeux vides. Il y aurait eu un silence absolu si Togo ne s'était pas mis à aboyer de sa voix stridente. Rackam lui a donné un coup de pied et Togo s'est enfui en glapissant.

J'ai gravi les escaliers de la maison et j'ai ouvert la porte.

Les persiennes étaient entrebâillées et il y avait peu de lumière. La radio était allumée. Le ventilateur tournait. Maman, en combinaison, était assise à la table et elle épluchait les patates. Elle m'a vu entrer suivi de Felice. Le couteau lui a glissé des mains. Il est tombé sur la table et de là, il a fini par terre. — Qu'est-ce qui s'est passé ?

Felice a enfoncé ses mains dans son treillis, il a baissé la tête et a dit : — Il était là-haut. Avec le gamin.

Maman s'est levée de sa chaise, a éteint la radio, a fait un pas, puis un autre, elle s'est arrêtée, a mis ses mains sur le visage et elle s'est accroupie par terre en me regardant.

J'ai éclaté en sanglots.

Elle a couru vers moi et m'a pris dans ses bras. Elle m'a serré fort contre sa poitrine et elle s'est aperçue que j'étais tout trempé. Elle m'a posé sur la chaise et a regardé mes bras et mes jambes écorchés, le sang figé sur mes genoux. Elle a soulevé mon tee-shirt.

— Qu'est-ce qui t'est arrivé ? elle m'a demandé.

— Lui ! C'est lui... il m'a... cogné dessus ! » J'ai indiqué Felice.

Maman s'est tournée, elle a toisé Felice et a rugi : — Qu'est-ce que tu lui as fait, malheureux ?

Felice a levé les mains. — Quoi, qu'est-ce que je lui ai fait ? Rien. Je l'ai ramené à la maison.

Maman a plissé les yeux. — Toi ! Comment tu peux te permettre, toi ? » Les veines de son cou étaient gonflées et sa voix tremblait. « Comment tu peux te permettre, hein ? Tu as frappé mon fils, sale bâtard ! » Et elle s'est jetée sur Felice.

Il a reculé. — Je lui ai flanqué un coup de pied au cul. Tu parles d'une affaire !

Maman a essayé de le gifler. Felice lui a attrapé les poignets pour la tenir éloignée, mais c'était une lionne. — Sale bâtard ! je vais t'arracher les yeux !

— Je l'ai trouvé dans la fosse... Il voulait libérer le gamin. Je lui ai rien fait. Ça suffit, arrête !

Maman était pieds nus, mais elle lui a quand même shooté dans les couilles.

Le pauvre Felice a poussé un cri étrange, un croisement entre un gargarisme et le gargouillis d'un lavabo, il s'est mis les mains sur les parties et il est tombé à genoux. Il a fait une grimace de douleur et il a essayé de hurler mais ça lui est pas venu, il avait plus d'air dans les poumons.

Moi, debout sur la chaise, j'ai arrêté de pleurnicher. Je savais combien ça fait mal un coup dans les boules. Et ça, c'était un coup très sérieux dans les boules.

Maman n'a eu aucune pitié. Elle a pris la poêle dans l'évier et elle a frappé Felice au visage. Il a hurlé à la mort et il s'est écroulé par terre.

Maman a levé une nouvelle fois la poêle, elle voulait le tuer, mais Felice l'a saisie par une cheville et a tiré. Maman est tombée. La poêle a glissé sur le sol. Felice s'est jeté sur maman de tout son corps.

J'ai glapi, désespéré. — Laisse-la ! Laisse-la ! Laisse-la ! » Felice lui a attrapé les bras, il s'est assis sur son estomac et l'a immobilisée.

Maman mordait et griffait comme une chatte. Sa combinaison avait remonté. On voyait son derrière et la touffe noire entre ses jambes et une bretelle avait été arrachée et un sein sortait, tout blanc et gros et avec le téton foncé.

Felice s'est arrêté et il l'a regardée.

J'ai vu comment il l'a regardée.

Je suis descendu de la chaise et j'ai essayé de le tuer. Je lui ai sauté dessus et j'ai essayé de l'étrangler.

A ce moment-là, papa et le vieux sont entrés.

Papa s'est jeté sur Felice, il l'a attrapé par un bras et l'a tiré de dessus maman.

Felice a glissé sur le sol et moi avec lui.

Ma tempe a heurté fort le sol. Une bouilloire a commencé à me siffler dans la tête, et dans les narines, j'avais l'odeur du désinfectant qu'ils passaient dans les toilettes de l'école. Des éclairs jaunes explosaient devant mes yeux.

Papa bourrait Felice de coups de pied et Felice rampait sous la table et le vieux essayait de retenir papa qui ouvrait grande la bouche et tendait les mains et renversait les sièges avec ses pieds.

Le sifflement dans ma tête était si fort que je n'entendais même pas mes pleurs.

Maman m'a pris et m'a emmené dans sa chambre, elle a fermé la porte avec le coude et elle m'a allongé sur le lit. Je n'arrivais pas à arrêter de pleurer. Je sursautais de tout mon corps et j'étais écrevisse.

Elle me serrait dans ses bras et répétait : — Là, là. C'est rien. C'est rien. Ça va passer. Tout passe.

Tout en pleurant, je n'arrivais pas à détacher les yeux de la photographie de Padre Pio accrochée à l'armoire. Le frère me regardait et semblait sourire, satisfait.

Dans la cuisine, papa, le vieux et Felice hurlaient.

Puis ils sont sortis tous les trois en claquant la porte.

Et le calme est revenu.

Les colombes roucoulaient sous le toit. Le bruit du frigo. Les cigales. Le ventilateur. C'était ça, le silence.

Maman, les yeux gonflés, s'est habillée, elle s'est désinfecté une griffure sur une épaule et elle m'a lavé, essuyé, glissé sous ses draps. Elle m'a fait manger une pêche au sucre et elle s'est allongée à côté de moi. Elle m'a donné la main. Elle ne parlait plus.

Je n'avais même pas la force de plier un doigt. J'ai posé mon front sur son estomac et j'ai fermé les yeux.

La porte s'est ouverte.

— Comment il va ?

La voix de papa. Il parlait doucement, comme si le docteur lui avait dit que je n'en avais plus pour longtemps.

Maman m'a caressé les cheveux. — Il a pris un coup à la tête. Mais maintenant il dort.

— Toi, comment tu vas?

— Bien.

— Sûre ?

— Oui. Mais ce type-là, il doit plus mettre les pieds chez nous. S'il touche encore Michele, je le tue et je te tue après.

— Je m'en suis déjà occupé. Je dois y aller.

La porte s'est fermée.

Maman s'est pelotonnée à côté de moi et elle m'a susurré à l'oreille : — Quand tu deviendras grand, tu dois partir d'ici et jamais y revenir.

Il faisait nuit.

Maman n'était plus là. Maria dormait à côté de moi. Le réveil faisait tic tac sur la table de nuit. Les aiguilles brillaient en jaune. L'oreiller avait l'odeur de papa. La lumière blanche de la cuisine pénétrait sous la porte.

A côté, ils se disputaient.

Il y avait même maître Scardaccione, arrivé de Rome. C'était la première fois qu'il venait chez nous.

Cet après-midi-là, il s'était passé des choses terribles. Si terribles, si immenses qu'on pouvait même plus se mettre en colère. Ils m'avaient laissé tranquille.

Je n'étais pas agité. Je me sentais en sécurité. Maman nous avait enfermés dans sa chambre et elle n'aurait permis à personne d'y entrer.

A la tête, j'avais une bosse qui me faisait mal si je la touchais, mais pour le reste, j'allais bien. Ça, ça m'embêtait un peu. Dès qu'ils découvraient que j'étais pas malade, ils me remettaient dans la chambre avec le vieux. Et moi, je voulais rester dans leur lit pour toujours. Sans plus sortir, sans plus voir Salvatore, Filippo, Felice, personne. Rien n'aurait changé.

J'entendais les voix dans la cuisine. Le vieux, l'avocat, le barbier, le père de Rackam, papa. Ils se disputaient pour un coup de téléphone qu'ils devaient passer et sur ce qu'il fallait dire.

J'ai mis la tête sous l'oreiller.

Je voyais l'océan de fer en pleine tempête, des grosses vagues en clous se soulevaient et des embruns en boulons frappaient l'autobus blanc qui coulait en silence, le museau pointé en l'air, et dedans il y avait les monstres qui s'agitaient et qui frappaient des poings, terrorisés.

Y avait rien à faire.

Les vitres étaient indestructibles.

J'ai ouvert les yeux.

— Michele, réveille-toi. » Papa était assis sur le bord du lit et il me secouait l'épaule. « Faut que je te parle.

Il faisait nuit. Mais une tache de lumière baignait le plafond. Je voyais pas ses yeux et je savais pas s'il était en colère.

Dans la cuisine, ils continuaient à parler.

— Michele, qu'est-ce que tu as fait aujourd'hui ?

— Rien.

— Dis pas de conneries. » Il était en colère.

— J'ai rien fait de mal. Je te le jure.

— Felice t'a trouvé avec l'autre. Il a dit que tu voulais le libérer.

Je me suis redressé. — Non ! C'est pas vrai ! Je te le jure ! Je l'ai fait sortir, mais je l'ai remis tout de suite dedans. Je voulais pas le libérer. C'est lui qui dit des mensonges.

— Parle doucement, ta sœur dort. » Maria était allongée sur le ventre et elle serrait l'oreiller.

J'ai murmuré : — Tu me crois pas ?

Il m'a regardé. Ses yeux brillaient dans le noir comme ceux d'un chien.

— Combien de fois tu l'as vu ?

— Trois.

— Combien de fois ?

— Quatre.

— Il peut te reconnaître ?

— Hein ?

— S'il te voit, il te reconnaît ?

J'ai réfléchi. — Non. Il y voit rien. Il garde toujours sa tête sous la couverture.

— Tu lui as dit ton nom ?

— Non.

— Tu lui as parlé ?

— Non... Pas beaucoup.

— Qu'est-ce qu'il t'a dit ?

— Rien. Il parle de trucs bizarres. On n'y comprend rien.

— Et toi, qu'est-ce que tu lui as dit ?

— Rien.

Il s'est levé. On aurait dit qu'il voulait s'en aller, puis il s'est rassis sur le lit. — Ecoute-moi bien. Je plaisante pas. Si t'y retournes, c'est moi qui te tue de coups. Si t'y retournes une autre fois, les autres lui tirent une balle dans la tête. » Il m'a donné une secousse violente. « Par ta faute.

J'ai balbutié. — J'y retourne plus. Je te le jure.

— Jure-le sur ma tête.

— Je te le jure.

— Dis, je jure sur ta tête que j'y retourne plus.

J'ai dit : — Je jure sur ta tête que j'y retourne plus.

— Tu as juré sur la tête de ton père. » Il est resté silencieux assis près de moi.

Dans la cuisine, le père de Barbara hurlait avec Felice.

Papa a regardé dehors par la fenêtre. — Oublie-le. Il existe plus. Et tu dois en parler à personne. Jamais plus.

— J'ai compris. J'y vais plus.

Il a allumé une cigarette.

Je lui ai demandé : — T'es encore en colère contre moi ?

— Non. Allonge-toi et dors. » Il a aspiré une grosse bouffée et s'est appuyé de ses mains sur le rebord. Ses cheveux brillants luisaient sous la lumière du réverbère. « Mais, nom de Dieu, pourquoi les autres gamins sont sages et toi tu vas te balader pour faire des conneries ?

— Alors t'es en colère contre moi ?

— Non je suis pas en colère contre toi. Arrête avec ça. » Il s'est pris la tête entre les mains et a murmuré. « Quel foutu bordel. » Il secouait la tête. « Il y a des choses qui semblent une erreur quand on... » Il avait la voix brisée et ne trouvait pas ses mots. « Le monde est une erreur, Michele.

Il s'est levé et s'est étiré le dos et il a fait mine de sortir. — Dors, je dois retourner à côté.

— Papa, tu me dis un truc ?

Il a jeté sa cigarette par la fenêtre. — Quoi ?

— Pourquoi vous l'avez mis dans le trou ? J'ai pas très bien compris.

Il a saisi la poignée, j'ai cru qu'il voulait pas me répondre, puis il a dit : — Tu voulais pas t'en aller d'Acqua Traverse ?

— Si.

— Bientôt, on va partir en ville.

— Où on ira ?

— Au Nord. T'es content ?

J'ai fait oui de la tête.

Il est revenu vers moi et m'a regardé dans les yeux. Son haleine sentait le vin. — Michele, maintenant je te parle comme à un homme. Ecoute-moi bien. Si tu retournes là-bas, ils le tuent. Ils l'ont juré. Tu dois plus y retourner si tu veux pas qu'ils lui tirent dessus et si tu veux qu'on s'en aille à la ville. Et tu dois jamais en parler. T'as compris ?

— Compris.

Il m'a embrassé sur la tête. — Maintenant dors et n'y pense plus. Tu aimes ton père ?

— Oui.

— Tu veux m'aider ?

— Oui.

— Alors, oublie tout.

— D'accord.

— Dors maintenant. » Il a embrassé Maria qui s'en est même pas aperçue et il est sorti de la chambre en fermant doucement la porte.

7.

Tout était en désordre.

La table était pleine de bouteilles, de tasses et d'assiettes sales. Les mouches bourdonnaient sur les restes du manger. Les cigarettes débordaient des cendriers, les chaises et les fauteuils étaient tout de travers. Ça puait la fumée.

La porte de ma chambre était entrouverte. Le vieux dormait habillé sur le lit de ma sœur. Un bras pendant. La bouche ouverte. De temps en temps, il chassait une mouche qui marchait sur sa figure. Papa était allongé sur mon lit, la tête contre le mur. Maman dormait recroquevillée sur le divan. Elle s'était couverte avec le dessus-de-lit blanc. Il en pointait ses cheveux noirs, un petit bout de front et un pied nu.

La porte de la maison était grande ouverte.

Un léger courant d'air tiède faisait bruisser le journal sur la commode.

Le coq a chanté.

J'ai ouvert le frigo. J'ai pris du lait, je m'en suis servi un verre et je suis sorti sur le balcon. Je me suis assis sur les marches pour regarder l'aube.

Elle était d'un orangé vif, salie par une masse gélatineuse et violacée qui s'étendait comme du coton à l'horizon, mais plus haut, le ciel était net et noir et quelques étoiles étaient encore allumées.

J'ai fini mon lait, j'ai posé mon verre sur une marche et je suis descendu dans la rue.

Le ballon de Rackam était près du banc, j'ai shooté dedans. Il est allé finir sous la voiture du vieux.

Du hangar s'est pointé Togo. Il a glapi et bâillé en même temps. Il s'est étiré en s'allongeant et en traînant les pattes de derrière et il est venu vers moi en remuant la queue.

Je me suis agenouillé. — Togo, comment tu vas ?

Il m'a pris une main dans sa gueule et m'a tiré. Il serrait pas fort mais il avait les dents pointues.

— Où tu m'emmènes, hein ? Où tu m'emmènes ? » Je l'ai suivi dans le hangar. Les colombes, perchées sur les poutres en fer du toit, se sont envolées.

Dans un coin, jeté par terre, il y avait son lit, une vieille couverture grise, toute trouée.

— Tu veux me faire voir ta maison ?

Togo s'est couché et s'est ouvert comme un poulet à la diable.

Je savais ce qu'il voulait. Je lui ai gratté le ventre et il s'est immobilisé, en extase, seule sa queue remuait à droite et à gauche.

La couverture était pareille à celle de Filippo.

Je l'ai flairée. Elle puait pas comme la sienne.

Elle sentait le chien.

J'étais étendu sur le lit en train de lire Tex.

J'étais resté dans la chambre toute la journée. Comme quand j'avais la fièvre et que j'allais pas à l'école. A un moment donné, Remo était venu me demander si je voulais faire un match, mais je lui avais dit non, que j'étais malade.

Maman avait fait le ménage dans la maison jusqu'à ce que tout brille à nouveau, puis elle était allée chez la mère de Barbara. Papa et le vieux s'étaient réveillés et ils étaient sortis.

Ma sœur est entrée dans la chambre en courant et a sauté sur le lit, toute contente. Elle tenait quelque chose derrière son dos.

— Devine ce que m'a prêté Barbara.

J'ai baissé ma bande dessinée. — Je sais pas.

— Devine, allez !

— Je sais pas. » J'avais pas envie de jouer.

Elle a sorti Ken. Le mari de Barbie, cette grande asperge avec son air de bêcheur. — Comme ça on peut jouer. Moi je prends Paola et toi lui. On les déshabille et on les met dans le frigo... Comme ça ils s'embrassent, tu vois ?

— J'ai pas envie.

Elle m'a dévisagé. — Qu'est-ce que t'as ?

— Rien. Laisse-moi tranquille, je lis.

— T'es pas marrant ! » Elle a soupiré et elle s'en est allée.

Je me suis remis à lire. C'était un nouveau numéro, c'était Remo qui me l'avait prêté. Mais j'arrivais pas à me concentrer. Je l'ai jeté par terre.

Je pensais à Filippo.

Que faire maintenant ? Je lui avais promis que je revenais le voir, mais je pouvais pas, j'avais juré à papa que j'y allais pas.

Si j'y allais, ils le tuaient.

Mais pourquoi ? C'était pas pour le libérer,

juste pour lui parler, c'est tout. Je faisais rien de mal.

Filippo m'attendait. Il était là-bas, dans le trou, et il se demandait quand je revenais, quand je lui apportais les paupiettes.

— Je peux pas venir », j'ai dit à haute voix.

La dernière fois que j'étais allé le trouver, je lui avais dit : « T'as vu que je suis venu ? » Et il m'avait répondu qu'il le savait. C'était pas les ratons laveurs qui le lui avaient dit. « Tu me l'avais promis. »

Il me suffisait de lui parler cinq minutes. « Filippo, je peux plus revenir. Si je reviens, ils te tuent. Excuse-moi, c'est pas de ma faute. » Et là, il avait l'âme en paix. Comme ça au contraire, il pensait que je voulais plus le voir et que je tenais pas mes promesses. Mais c'était pas vrai. Voilà ce qui me tourmentait.

Si je pouvais pas y aller moi, papa pouvait le lui dire. « Je suis désolé, Michele peut pas venir, c'est pour ça qu'il tient pas sa promesse. S'il vient, ils te tuent. Il m'a dit de te saluer. »

— Assez ! Il faut que je l'oublie ! » j'ai dit à la pièce. J'ai ramassé la BD et je me suis mis à lire sur la cuvette des WC, mais j'ai dû m'arrêter aussitôt.

Papa m'appelait de la rue.

Et qu'est-ce qu'il me veut ? J'avais été gentil, j'avais pas bougé de la maison. J'ai remonté mon short et suis sorti sur le balcon.

— Viens ici ! Viens ! » Il m'a fait signe de descendre. Il était à côté de son camion. Il y avait aussi maman, Maria, Rackam et Barbara.

— Qu'est-ce qu'il y a ?

Maman a dit : — Descends, il y a une surprise.

Filippo. Papa avait libéré Filippo. Et il me l'avait amené.

Mon cœur a cessé de battre. J'ai dévalé les escaliers. — Où il est ?

— Reste ici. » Papa est monté dans son camion et il a sorti la surprise.

— Alors ? m'a demandé papa.

Maman a répété : — Alors ?

C'était un vélo tout rouge, avec le guidon qui ressemblait aux cornes d'un taureau. La roue avant petite. Un dérailleur à trois vitesses. Les pneus crantés. La selle longue que vous pouviez monter à deux dessus.

Maman a demandé encore : — Qu'est-ce qu'il y a ? Il te plaît pas ?

J'ai fait oui avec la tête.

J'en avais vu un pareil, quelques mois auparavant, chez le marchand de bicyclettes de Lucignano. Mais il était plus moche, il avait pas le petit phare argenté et la roue avant était pas petite. J'étais entré le regarder et le vendeur, un grand moustachu en blouse grise, m'avait dit : — Il est beau, hein ?

— Vachement.

— C'est le dernier qui nous reste. C'est une affaire. Pourquoi tu ne te le fais pas offrir par tes parents ?

— J'aimerais bien...

— Et alors ?

— J'en ai déjà un.

— Celui-là ? » Le vendeur avait tordu le nez en indiquant le Clou appuyé contre le réverbère.

Je me suis excusé. — Il était à papa.

— Il est temps de le changer. Dis-le à tes parents. Tu aurais une bien plus fière allure avec un bijou pareil.

J'étais parti. Il ne m'était même pas venu à l'esprit de lui demander combien il coûtait.

Celui-là était beaucoup plus beau.

Sur le cadre, il y avait écrit en or Red Dragon.

— Ça veut dire quoi, Red Dragon ? j'ai demandé à papa.

Il a haussé les épaules et a dit : — Ta mère sait ça.

Maman s'est caché la bouche et s'est mise à

rire. — Que t'es bête, depuis quand je sais l'anglais, moi ?

Papa m'a regardé. — Alors, qu'est-ce que tu fais ? Tu l'essayes pas ?

— Maintenant ?

— Et quand ? Demain ?

Ça m'embêtait de l'essayer devant tout le monde. — Je peux l'emmener à la maison ?

Rackam est monté dessus. — Si tu l'essayes pas, c'est moi qui l'essaye.

Maman lui a flanqué une baffe. — Descends tout de suite de cette bicyclette ! Elle est à Michele.

— Tu veux vraiment l'emmener en haut ? m'a demandé papa.

— Oui.

— Et tu vas y arriver ?

— Oui.

— D'accord, mais rien que pour aujourd'hui...

Maman a dit : — Mais tu es fou, Pino ? Une bicyclette à la maison ? Ça va faire des traces.

— Il va faire attention.

Maria a pris ses lunettes, les a jetées par terre et a éclaté en sanglots.

— Maria, ramasse tout de suite ces lunettes, a crié papa, furieux.

Elle a croisé les bras. — Non ! Je les ramasse pas, c'est pas juste. Tout pour Michele et rien pour moi !

— Attends ton tour. » Papa a sorti du camion un paquet enveloppé de papier bleu et avec du ruban.

Maria a remis ses lunettes, elle a essayé de défaire le nœud mais n'y arrivait pas, alors elle a voulu l'arracher avec les dents.

— Attends ! Le papier est joli, on le garde. » Maman a défait le nœud et enlevé le papier.

Dedans, il y avait une Barbie avec une couronne sur la tête et une robe de satin blanc toute serrée et les bras nus.

Maria a failli s'évanouir. — La Barbie danseuse ! » Elle s'est affalée sur moi. « Elle est super belle.

Papa a fermé la bâche du camion. — Maintenant, les enfants, pour les cadeaux, vous êtes parés pour les dix prochaines années.

Maria et moi on a monté les escaliers de la maison. Moi avec la bicyclette sur l'épaule, elle avec sa Barbie danseuse à la main.

— Elle est belle, hein ? a dit Maria en regardant sa poupée.

— Oui. Tu vas l'appeler comment ?

— Barbara.

— Pourquoi Barbara ?

— Parce que Barbara elle a dit que quand elle sera grande elle deviendra comme la Barbie. Et que Barbie, c'est Barbara en anglais.

— Et Pauvrette qu'est-ce que t'en fais ? Tu la jettes ?

— Non. Elle fera la servante. » Puis elle m'a regardé et m'a demandé : « T'as pas aimé ton cadeau, toi ?

— Si. Mais je croyais que c'était autre chose.

Cette nuit-là j'ai dormi avec le vieux.

Je venais de me mettre au lit et j'étais en train de finir Tex quand il est entré dans la chambre. On aurait dit que dix années de plus pesaient sur ses épaules. Sa figure était tellement creusée qu'elle était devenue une tête de mort.

— Tu dors ? il a bâillé.

J'ai fermé ma BD et je me suis tourné vers le mur. — Non.

— Aaaah ! Je suis vanné. » Il a allumé la lampe à côté du lit et s'est mis à se déshabiller. « Entre aller et retour, j'ai fait une chiée de kilomètres. J'ai le dos en compote. Il faut que je dorme. » Il a soulevé en l'air son pantalon, l'a examiné et a tordu le nez. « Faut que je me refasse une garde-robe. » Il a quitté ses boots et ses chaussettes et les a posées sur le rebord de la fenêtre.

Il puait des pieds.

Il a trifouillé dans sa valise, a sorti la bouteille de Stock 84 et il s'y est attaqué. Il a fait la grimace et s'est essuyé la bouche avec la main. — Putain, quelle saloperie. » Il a pris le porte-documents, l'a ouvert, a regardé le paquet de photographies et m'a demandé : « Tu veux voir mon fils ? » Il m'a passé une photo.

C'était celle que j'avais vue le matin quand j'avais fouillé dans ses affaires. Francesco habillé en mécanicien.

— Beau gars, hein ?

— Oui.

— Là il allait encore bien, c'est après qu'il a maigri.

Une phalène marron est entrée par la fenêtre et est venue se cogner contre l'ampoule. Elle faisait un bruit sourd chaque fois qu'elle heurtait le verre incandescent.

Le vieux a pris un journal et l'a écrasée contre le mur. — Papillons de merde. » Il m'a passé une autre photo. « Ma maison.

C'était une petite maison basse aux fenêtres peintes en rouge. Derrière le toit en paille, pointaient les cimes de quatre palmiers. Assise sur la porte, il y avait une fille noire en deux-pièces jaune. Elle avait les cheveux longs et elle tenait un jambon dans ses mains, comme un trophée. A côté de la maison, il y avait un petit garage carré et devant, une voiture énorme, blanche, sans toit et avec les vitres noires.

— C'est quoi, comme voiture ? j'ai demandé.

— Une Cadillac. Je l'ai achetée d'occase. Elle est parfaite. J'ai eu que les pneus à refaire. » Il a quitté sa chemise. « Ç'a été une bonne affaire.

— Et qui c'est cette fille ?

Il s'est allongé sur le lit. — Ma femme.

— T'as une femme négresse ?

— Oui. La vieille, je l'ai quittée. Celle-là elle a vingt-trois ans. C'est un petit bijou. Elle s'appelle Sonia. Et si ce qu'elle tient te paraît être du jambon, tu te trompes. C'est du speck. Directement de Vénétie. Je le lui ai ramené d'Italie. Au Brésil, ça existe pas, c'est super raffiné là-bas. Une vraie galère pour le rapporter. Ils m'ont même arrêté à la douane. Ils voulaient l'ouvrir, ils pensaient que dedans il y avait de la drogue... Bon, j'éteins la lumière, je suis claqué.

Dans la pièce, l'obscurité est tombée. Je l'entendais qui respirait et il faisait des drôles de bruits avec sa bouche.

A un moment donné, il a dit : — Tu peux pas savoir comme on est bien là-bas. La vie coûte rien. Tout le monde te sert. Tu glandes toute la journée. Autre chose que ce pays de merde. Pour moi, c'est terminé ce pays.

Je lui ai demandé : — C'est où le Brésil ?

— Loin. Trop loin. Bonne nuit et fais de beaux rêves.

— Bonne nuit.

8.

Et tout s'est arrêté.

Une fée avait endormi Acqua Traverse. Les jours s'enchaînaient les uns aux autres, bouillants, pareils et sans fin.

Les grands ne sortaient même plus le soir. Avant, après dîner, ils mettaient les tables dehors et ils jouaient aux cartes. Maintenant ils restaient à l'intérieur. Felice ne se montrait plus. Papa restait toute la journée au lit et ne parlait qu'au vieux. Maman cuisinait. Salvatore s'était enfermé chez lui.

Je me baladais sur ma nouvelle bicyclette. Ils voulaient tous l'essayer. Rackam traversait tout Acqua Traverse sur une seule roue. Moi, je faisais même pas deux mètres.

Je restais souvent seul. Je pédalais au-delà du torrent à sec, je prenais des sentiers poussiéreux à travers champs qui me conduisaient loin, là où il n'y avait plus rien que des piquets abattus et des barbelés mangés par la rouille. A l'horizon, les moissonneuses-batteuses rouges tremblaient dans les vagues de chaleur qui montaient des champs.

C'était comme si Dieu avait coupé la boule à zéro au monde. Quelquefois, les camions avec les sacs de blé passaient par Acqua Traverse en laissant derrière eux des sillages de fumée noire.

Quand j'étais dans la rue, j'avais l'impression que tout le monde m'observait. Il me semblait apercevoir derrière ses fenêtres la mère de Barbara qui m'épiait, Rackam qui me montrait du doigt et complotait avec Remo, Barbara qui me souriait de façon bizarre. Mais même quand j'étais seul, assis sur une branche du caroubier ou à bicyclette, cette impression ne me quittait pas. Même quand je me frayais un passage dans les restes de cet océan d'épis destinés à être enserrés dans des ballots et qu'autour de moi je n'avais que le ciel, il me semblait que des milliers d'yeux me regardaient.

J'y vais pas, soyez tranquilles. J'ai juré.

Mais la colline était là, et elle m'attendait.

J'ai commencé à rouler sur la route qui

menait à la ferme de Melichetti. Et chaque jour, sans m'en rendre compte, j'en faisais un petit bout en plus.

Filippo m'avait oublié. Je le sentais.

J'essayais de l'appeler en pensée.

Filippo ? Filippo, tu m'entends ?

Je peux pas venir. Je peux pas.

Il pensait plus à moi.

Peut-être qu'il était mort. Peut-être qu'il y était plus.

Un après-midi, après manger, je me suis allongé sur mon lit pour lire. La lumière pressait contre les volets et filtrait dans la chambre bouillante. J'avais des grillons dans les oreilles. Je me suis endormi avec la bande dessinée d'Elastoc en main.

J'ai rêvé qu'il faisait nuit mais que moi j'y voyais quand même. Les collines bougeaient dans le noir. Elles se déplaçaient lentement comme des tortues sous un tapis. Puis, toutes ensemble elles écarquillaient leurs yeux, des trous rouges qui s'ouvraient dans le blé, et elles se soulevaient, sûres de pas être vues, et elles devenaient des géants faits de terre et couverts d'épis qui avançaient en ondoyant sur les champs et qui venaient sur moi et m'ensevelissaient.

Je me suis réveillé dans un bain de sueur. Je

suis allé prendre de l'eau dans le frigo. Je voyais les géants.

Je suis sorti et j'ai pris le Clou.

J'étais devant le sentier qui menait à la maison abandonnée.

La colline était là. Sombre, voilée de chaleur. Il me semblait apercevoir deux yeux noirs dans le blé, juste au sommet, mais c'étaient seulement des taches de lumière, des plis du terrain. Le soleil avait commencé à descendre et à s'émousser. L'ombre de la colline couvrait lentement la plaine.

Je pouvais monter.

Mais la voix de papa me retenait. « Ecoute-moi bien. Si tu retournes là-bas, ils le tuent. Ils l'ont juré. »

Qui ? Qui l'avait juré ? Qui le tuait ?

Le vieux ? Non, pas lui. Lui, il était pas assez puissant.

Eux, les géants de terre. Les seigneurs de la colline. Maintenant, ils étaient allongés dans les champs et ils étaient invisibles, mais la nuit ils se réveillaient et ils traversaient la campagne. Si j'allais chez Filippo, ils s'en fichaient s'il faisait jour, ils se lèveraient comme des vagues de l'océan et ils arriveraient là-bas et ils verseraient leur terre dans le trou et ils l'enseveliraient.

Fais demi-tour, Michele. Fais demi-tour, m'a dit la petite voix de ma sœur.

J'ai tourné mon vélo et je me suis élancé dans le blé, entre les trous, en pédalant comme un désespéré et en espérant leur passer sur le dos, à ces maudits monstres.

J'étais caché au creux d'un rocher du torrent à sec.

J'étais en nage. Les mouches me laissaient pas en paix.

Rackam avait trouvé tout le monde. J'étais le seul à rester caché. Ça devenait duraille. Il me fallait sortir et courir sans m'arrêter, couper par le champ de chaumes, arriver jusqu'au caroubier et hurler : — J'ai gagné !

Mais Rackam était là, près de l'arbre, à l'arrêt comme un chien de chasse, et dès qu'il me verrait il foncerait lui aussi et en quatre enjambées, il me coifferait au poteau.

Je devais courir, un point c'est tout, et si j'y arrivais, tant mieux, et si j'y arrivais pas, je m'en fichais.

J'allais bouger, quand une ombre noire s'est jetée sur moi.

Rackam !

C'était Salvatore. — Pousse-toi, sinon il me voit. Il est là tout près.

Je lui ai fait de la place et il s'est glissé sous le rocher lui aussi.

Sans le vouloir, j'ai dit : — Les autres ?

— Il les a tous attrapés. Il reste que toi et moi.

C'était la première fois que nous nous parlions depuis le jour de Felice.

Rackam m'avait demandé pourquoi on s'était disputés.

« On s'est pas disputés. C'est juste que Salvatore, je le trouve pas sympa », j'avais répondu.

Rackam avait posé un bras sur mes épaules. « T'as raison. C'est un con, ce mec. »

Salvatore a essuyé la sueur de son front.

— Qui c'est qui s'y colle ?

— Vas-y toi.

— Pourquoi ?

— Parce que t'es plus rapide.

— Moi je cours vite si c'est loin, mais jusqu'au caroubier, c'est toi le plus rapide.

Je suis resté silencieux.

— J'ai une idée, il a poursuivi. On sort ensemble, tous les deux. Quand Rackam se pointe, moi je me mets sur son chemin et toi tu fonces au caroubier. Comme ça on le feinte. Qu'est-ce t'en dis ?

— C'est une bonne idée. Sauf que c'est moi qui gagne et que toi tu perds.

— M'en fous. C'est le seul moyen de le baiser, cet abruti.

J'ai souri.

Il m'a regardé et m'a tendu la main.

— On fait la paix ?

— On fait la paix. » J'ai serré sa main.

— Tu sais que mademoiselle Destani elle aura plus notre classe ? Cette année, on a une nouvelle maîtresse.

— Qui c'est qui te l'a dit ?

— Ma tante. Elle a parlé avec le directeur, il dit qu'elle est super belle. Et peut-être qu'elle sera pas vache comme la Destani.

J'ai arraché une touffe d'herbe. — De toute façon, ça m'est égal.

— Pourquoi ?

— Parce qu'on va partir d'Acqua Traverse.

Salvatore m'a regardé, surpris. — Et vous allez où ?

— Au Nord.

— Où ça ?

J'ai lancé. — A Pavie.

— Et c'est où Pavie ?

J'ai haussé les épaules. — J'en sais rien. Mais on vivra dans un immeuble, au dernier étage. Et papa s'achètera même la 131 Mirafiori. Et je vais à l'école là-bas.

Salvatore a pris un caillou et l'a fait passer

d'une main à l'autre. — Et tu reviens plus jamais ?

— Non.

— Et tu vois pas la maîtresse.

J'ai regardé par terre. — Non.

Il a murmuré. — Moi, ça me rend triste. » Il m'a regardé. « Prêt ?

— Prêt.

— Alors on y va. Et t'arrête pas. A trois.

— Un, deux, trois », et on a bondi.

— Les voilà ! Les voilà ! a hurlé Remo, perché sur le caroubier.

Mais Rackam a rien pu faire, on était trop rapides. On a touché l'arbre ensemble et on a hurlé. — On a gagné !

9.

Nous nous étions réveillés et tout était voilé de gris. Il faisait chaud, humide, et de soudaines bouffées d'air agitaient la canicule. Dans la nuit, des gros nuages nerveux s'étaient amassés à l'horizon et ils avançaient sur Acqua Traverse.

Nous sommes restés immobiles à les regarder. Nous avions oublié que, du ciel, il pouvait tomber de l'eau.

Maintenant nous étions sous le hangar. Moi j'étais allongé sur les sacs de blé, la tête dans les mains, tranquille, à regarder les guêpes qui construisaient un nid. Les autres s'étaient assis en cercle à côté de la charrue. Salvatore était affalé sur le siège en fer du tracteur, les pieds posés sur le volant.

J'aimais ces guêpes. Remo avait détruit au moins dix fois leur maison à coups de pierres, mais ces entêtées revenaient toujours la reconstruire au même endroit, à l'angle entre deux poutres et une gouttière. Elles humidifiaient la paille et le bois avec leur salive et elles y construisaient un nid qui semblait être en carton.

Les autres bavardaient, mais je les écoutais pas. Rackam, comme d'habitude, parlait à voix haute et Salvatore écoutait en silence.

J'aurais bien aimé s'il se mettait à pleuvoir, personne en pouvait plus de cette sécheresse.

J'ai entendu Barbara dire : — Pourquoi on irait pas à Lucignano s'acheter des glaces ? J'ai des sous.

— T'en as pour nous aussi, des sous ?

— Non. Pas assez. Peut-être pour deux petits cornets.

— Et alors qu'est-ce que tu veux qu'on aille faire à Lucignano ? Te voir t'empiffrer de glace et devenir encore plus grosse ?

Pourquoi ces guêpes elles faisaient un nid ? Qui leur avait appris à le faire ?

« Elles savent. C'est dans leur nature », m'avait répondu papa un jour où je lui avais demandé.

Ma sœur s'est approchée de moi et m'a dit : — Moi je vais à la maison. Tu fais quoi, toi ?

— Je reste là.

— D'accord. Je vais me faire une tartine de pain, avec du beurre et du sucre. Ciao. » Elle s'en est allée, suivie de Togo.

Et moi, c'était quoi ma nature? Qu'est-ce que je savais faire?

— Alors, a demandé Remo, on fait une partie de ballon prisonnier?

Je savais grimper sur le caroubier. Ça, je savais bien le faire et personne me l'avait appris.

Rackam s'est levé, a shooté dans le ballon et l'a expédié de l'autre côté de la rue.

— Les mecs, j'ai une idée géniale. Pourquoi on va pas à l'endroit de la dernière fois?

Je pouvais peut-être rejoindre Maria et me faire une tartine de pain, beurre, sucre moi aussi, mais j'avais pas faim.

— Où?

— Sur la montagne.

— Quelle montagne?

— A la maison abandonnée. Devant la ferme de Melichetti.

Je me suis retourné. Mon corps s'est réveillé d'un seul coup, mon cœur s'est mis à marcher dans ma poitrine et mon estomac s'est tordu.

Barbara n'était pas très convaincue. — Qu'est-ce qu'on va faire là-bas? C'est loin. Et s'il se met à pleuvoir?

Rackam l'a singée. — Et s'il se met à pleuvoir? On se mouille! Et puis personne t'a demandé de venir.

Remo ne paraissait pas enthousiaste non plus. — Qu'est-ce qu'on va y faire?

— On explore la maison. La dernière fois, il y a que Michele qui y est entré.

Remo m'a dit quelque chose.

Je l'ai regardé. — Hein? J'ai pas compris.

— Qu'est-ce qu'il y a dans la maison? il m'a demandé.

— Quoi?

— Qu'est-ce qu'il y a dans la maison?

Je n'arrivais pas à parler, je n'avais plus de salive. J'ai balbutié. — Rien... Je sais pas... » J'avais la sensation qu'un liquide gelé coulait de ma tête, dans le cou et le long de mes côtes. « Ben, des vieux meubles, une cuisinière, des trucs comme ça.

Rackam a demandé à Salvatore : — On y va?

— Non, j'ai pas envie. » Salvatore a secoué la tête. « Barbara a raison, c'est loin.

— Moi j'y vais. On peut en faire notre base secrète. » Rackam a pris sa bicyclette appuyée contre le tracteur. « Celui qui veut venir, il vient. Celui qui veut pas venir, il vient pas. » Il a demandé à Remo : « Toi tu fais quoi?

— Je viens. » Remo s'est levé et a demandé à Barbara. « Tu viens ?

— Si on fait pas la course.

— Pas de course », a assuré Rackam et il a de nouveau demandé à Salvatore : « Alors, tu viens pas, toi ?

Moi j'attendais, sans rien dire.

— Moi je suis Michele », a fait Salvatore, et en me regardant dans les yeux, il m'a demandé : « Tu fais quoi, toi ? T'y vas ?

Je me suis mis debout et j'ai dit : — Oui, j'y vais.

Salvatore a sauté en bas du tracteur. — OK, on y va.

Nous roulions de nouveau, tous ensemble, comme la première fois, vers la colline.

Nous pédalions en file indienne. Il ne manquait que ma sœur.

Il y avait une atmosphère lourde et le ciel avait une couleur anormale, écarlate. Les nuages, d'abord amoncelés à l'horizon, s'entassaient maintenant au-dessus de nous et se pressaient l'un contre l'autre comme des hordes de Huns avant la bataille. Ils étaient gros et sombres. Le soleil était opaque et trouble comme si un filtre lui faisait écran. Il ne faisait ni chaud ni froid mais il y avait du vent. Sur les côtés de la route et dans les champs, la paille était enfermée dans les ballots, déposés comme des pions sur un échiquier. Là où la moissonneuse n'était pas passée, de longues vagues se formaient qui ébouriffaient le blé.

Remo a regardé l'horizon, inquiet. — Il va pleuvoir.

Plus je m'approchais de la colline, plus je me sentais mal. Un poids m'appuyait sur l'estomac. Les restes du repas roulaient dans mon ventre. L'air me manquait et un voile de sueur trempait mon dos et mon cou.

Qu'est-ce que j'étais en train de faire ? Chaque coup de pédale était un bout de serment qui s'émiettait.

« Ecoute-moi, Michele, tu dois plus y retourner. Si t'y retournes, ils le tuent. Par ta faute. »

« J'y retourne plus. »

« Jure-le sur ma tête. »

« Je te le jure. »

« Dis, je jure sur ta tête que j'y retourne plus. »

« Je jure sur ta tête que j'y retourne plus. »

J'étais en train de briser le serment, j'allais voir Filippo et s'ils me trouvaient, ils le tuaient.

Je voulais faire demi-tour, mais mes jambes pédalaient et une force irrésistible m'entraînait vers la colline.

Un coup de tonnerre lointain a déchiré le silence.

— On devrait rentrer à la maison, a dit Barbara, comme si elle avait entendu mes pensées.

J'ai haleté. — Oui, on rentre à la maison.

Rackam est passé à côté de nous en ricanant.

— Si vous chiez dans vos frocs pour un peu d'eau, allez à votre maison, ça vaut mieux.

Barbara et moi on s'est regardés et on a continué à appuyer sur les pédales.

Le vent augmentait. Il soufflait sur les champs et soulevait la balle du blé. C'était difficile de garder nos bicyclettes droites, les rafales nous poussaient hors de la route.

— On y est. C'était loin, alors? a dit Rackam en dérapant sur la pierraille.

Le sentier qui conduisait à la maison était là devant.

Nous avons attaqué la montée. J'avais du mal à tenir le rythme des autres. Red Dragon était un attrape-couillon. Je refusais de l'admettre mais c'était ainsi. Si je le tirais vers le haut, je me retrouvais avec le guidon dans les dents, et si je changeais de vitesse, la chaîne sautait. Pour ne pas rester en rade, je devais utiliser la vitesse la plus dure.

Sur notre droite, d'un champ, une nuée de corbeaux s'est envolée. Ils croassaient et voltigeaient les ailes déployées, emportés par les courants.

Le soleil était englouti par le gris et soudain, on aurait dit le soir. Un coup de tonnerre. Un autre. J'ai regardé les nuages qui roulaient et s'emmêlaient les uns aux autres. L'un d'eux s'illuminait de temps en temps, comme si, dedans, un feu d'artifice avait explosé.

L'orage arrivait.

Et si Filippo était mort ?

Un cadavre blanc recroquevillé au fond d'un trou. Couvert de mouches et gonflé de larves et de vers, les mains séchées et les lèvres dures et grises.

Non, il était pas mort.

Et s'il me reconnaissait pas ? Et s'il voulait plus me parler ?

« Filippo, c'est Michele. Je suis revenu. Je te l'avais juré, je suis revenu. »

« Toi, t'es pas Michele. Michele il est mort. Et il est dans le trou avec moi. Va-t'en. »

Devant nous s'est ouverte la petite vallée. Elle était sombre et silencieuse. Les oiseaux et les grillons se taisaient.

Quand nous sommes passés entre les chênes, une goutte grosse et lourde m'a frappé le front, une autre le bras et une autre l'épaule et l'orage s'est déversé sur nous. Il s'est mis à pleuvoir dru et épais. L'orage fouettait les cimes des arbres et le vent soufflait entre les branches, sifflait entre les feuilles et la terre aspirait cette eau comme une éponge sèche, et les gouttes rebondissaient contre la terre aride et disparaissaient et les éclairs tombaient sur les champs.

— Abritons-nous ! a hurlé Rackam. Allez, on court !

On courait, mais de toute façon, on était déjà trempés. J'ai ralenti, si je voyais la 127 ou quelque chose de bizarre, je prenais mes jambes à mon cou.

Des voitures, il y en avait pas et j'ai rien remarqué de bizarre.

Ils se sont précipités dans l'écurie. Le trou était là, derrière les ronces, je voulais courir et le dégager et voir Filippo, mais je me suis forcé à suivre les autres.

Ils étaient debout et ils sautillaient, excités par l'orage. On a quitté nos tee-shirts et on les a essorés. Barbara était obligée de tirer son chemisier en avant, sinon on lui voyait les nichons.

Ils riaient tous nerveusement et ils massaient leurs bras gelés, et ils regardaient dehors. C'était comme si le ciel s'était troué. Dans le fracas du tonnerre, les éclairs unissaient les nuages à la terre. L'esplanade, en quelques minutes, s'est remplie de flaques, et des flancs de la colline dégoulinaient des rigoles sales de terre rouge.

Filippo devait mourir de peur. Toute cette eau s'écoulait dans le trou et si elle s'arrêtait pas bientôt, elle pouvait le noyer. Le bruit de la pluie sur la plaque l'assourdissait.

Je devais aller vers lui.

— Au premier, il y a une moto », j'ai entendu dire ma voix.

Ils se sont tous retournés pour me regarder.

— Oui, il y a une moto...

Rackam a bondi sur ses pieds comme s'il était assis sur une fourmilière. — Une motocyclette ?

— Oui.

— Où elle est ?

— A l'étage du dessus. Dans la dernière pièce.

— Et qu'est-ce qu'elle fait là ?

J'ai haussé les épaules. — J'en sais rien.

— A ton avis, elle marche encore ?

— Ça se pourrait.

Salvatore m'a regardé, il avait un sourire narquois sur les lèvres. — Et pourquoi tu nous l'as jamais dit ?

Rackam a penché la tête. — C'est vrai, ça ! Pourquoi tu nous l'as pas dit, hein ?

J'ai dégluti. — Parce que j'avais pas envie. J'avais fait mon gage.

Un éclair de compréhension a traversé ses yeux. — On va la voir. T'imagines, si elle marche...

Rackam, Salvatore et Remo se sont jetés hors de l'écurie en courant, s'abritant la tête de leurs mains et se bousculant dans les flaques.

Barbara s'est élancée, mais elle s'est arrêtée sous la pluie. — Tu viens pas, toi ?

— J'arrive. Vas-y.

L'eau avait lissé ses cheveux qui pendouillaient comme des spaghettis sales. — Tu veux pas que je t'attends ?

— Non, vas-y. J'arrive tout de suite.

— D'accord. » Elle s'est mise à courir.

J'ai fait le tour de la maison et je suis passé entre les ronces. Mon cœur battait dans mes tympans et mes jambes flageolaient. Je suis arrivé à la cour. C'était devenu un bourbier fouetté par la pluie.

Le trou était ouvert.

Il n'y avait plus la plaque verte ni même le matelas.

L'eau me coulait dessus, dégoulinait dans mon short et mon slip, et mes cheveux se collaient sur mon front et le trou était là, une bouche noire dans la terre obscure, et moi je m'approchais, je respirais à peine, je serrais les poings, tandis qu'autour de moi le ciel tombait et que des vagues de douleur incandescente m'enserraient la gorge.

J'ai fermé et rouvert les yeux, espérant que quelque chose change.

Le trou était encore là. Noir comme le trou d'un lavabo.

En titubant, je me suis approché. Les pieds dans la boue. Je me suis passé une main sur la figure pour me l'essuyer. Je manquais de m'écrouler par terre, mais je continuais à avancer.

Il y est pas. Regarde pas. Va-t'en.

Je me suis arrêté.

Va. Va voir.

J'y arrive pas.

J'ai regardé mes sandales couvertes de gadoue. Fais un pas, je me suis dit. Je l'ai fait. Fais-en un autre. Je l'ai fait. Bravo. Un autre et un autre encore. Et j'ai vu le bord du trou devant mes pieds.

Tu y es.

Maintenant, y avait plus qu'à regarder dedans.

J'ai eu la certitude que là-dedans, il n'y avait plus personne.

J'ai levé les yeux et j'ai regardé.

C'était ça. Il y avait plus rien. Même plus le seau et la gamelle. Rien que de l'eau sale et une couverture détrempée.

Ils l'avaient emporté. Sans rien me dire. Sans m'avertir.

Où il était? Je le savais pas, mais je savais qu'il était à moi et qu'ils me l'avaient emporté.

— Où tu es ? j'ai hurlé à la pluie.

Je suis tombé à genoux. J'ai plongé mes mains dans la boue et je l'ai fait gicler entre mes doigts.

— La moto n'existe pas.

Je me suis retourné.

Salvatore.

Il était debout. A quelques mètres de moi, la chemise trempée, le pantalon crotté de boue. — La moto n'existe pas, hein ?

J'ai gargouillé un non.

Il a montré le trou. — Il était là ?

J'ai fait signe que oui de la tête, et j'ai balbutié. — Ils l'ont emporté.

Salvatore s'est approché, a regardé dedans et m'a fixé. — Moi je sais où il est.

J'ai soulevé lentement la tête. — Il est où ?

— Il est chez Melichetti. En bas dans la crevasse.

— Comment tu le sais ?

— Je l'ai entendu hier. Papa parlait avec ton père et le type de Rome. Je me suis collé derrière la porte de son bureau et je les ai écoutés. Ils l'ont déplacé. L'échange a pas marché, ils ont dit. » Il a rejeté en arrière sa frange mouillée. « Ils ont dit que cet endroit, il n'est plus sûr.

L'orage est passé.

Aussi vite qu'il avait explosé.

Il était loin désormais. Une masse sombre qui avançait au-dessus de la campagne en la détrempant et poursuivait son chemin.

Nous descendions le long du sentier.

L'air était si pur qu'au loin, au-delà de la plaine ocre, on voyait une petite bande verte. La mer. C'était la première fois que je la voyais d'Acqua Traverse.

Le déluge avait laissé une odeur d'herbe et de terre mouillée et un peu de fraîcheur. Les nuages restés dans le ciel étaient blancs et effilochés et des lames de soleil aveuglant hachaient la plaine. Les oiseaux avaient recommencé à gazouiller, on aurait dit qu'il y avait un concours de chant.

A Rackam, j'avais dit que je leur avais fait une blague.

— Tu parles d'une blague à la con, il avait répondu.

J'ai eu le pressentiment que personne ne monterait plus jamais sur cette colline, elle était trop loin, et il n'y avait rien de beau dans cette vieille ruine. Et cette vallée cachée portait la poisse.

Filippo avait atterri chez Melichetti, avec les cochons, parce que l'échange n'avait pas réussi et que le trou n'était plus sûr, voilà ce qu'ils avaient dit. Et ça n'avait rien à voir avec les seigneurs de la colline et les monstres que je m'inventais.

« Arrête avec ces monstres, Michele. Les monstres ils existent pas. C'est des hommes que tu dois avoir peur, pas des monstres. » Voilà ce que m'avait dit papa.

C'était de sa faute. Il ne l'avait pas relâché et il ne le relâcherait jamais.

Les chats, quand ils capturent des lézards, ils jouent avec eux, ils jouent même si le lézard est tout éventré avec les tripes dehors et sans la queue. Ils le suivent calmement, ils s'assoient et ils l'agrippent et ils s'en amusent jusqu'à ce que le lézard meure, et quand il est mort, ils le touchent à peine de la patte, comme s'il les dégoûtait, et le lézard bouge plus, alors ils le regardent et ils s'en vont.

Un grondement assourdissant, un vacarme métallique a brisé la quiétude et a tout couvert.

Barbara a hurlé en montrant le ciel : — Regardez ! Regardez !

De derrière la colline sont apparus deux hélicoptères. Deux libellules de fer, deux grosses libellules bleues avec écrit sur les côtés Carabiniers.

Ils ont descendu vers nous et on a commencé à agiter les bras et à hurler, ils se sont mis côte à côte, ils ont tourné en même temps, comme s'ils voulaient nous faire voir à quel point ils étaient habiles, et puis ils ont plané au-dessus des champs, ils ont survolé Acqua Traverse et ils ont disparu à l'horizon.

Les grands étaient plus là.

Les voitures étaient là, mais pas eux.

Les maisons vides, les portes ouvertes.

On courait tous d'une maison à l'autre.

Barbara était agitée. — Il y a quelqu'un, chez toi ?

— Non. Et chez toi ?

— Non plus.

— Où ils sont ? » Remo était essoufflé. « J'ai même regardé dans le potager.

— Qu'est-ce qu'on fait ?

J'ai répondu : — Je sais pas.

Rackam marchait au milieu de la rue, les mains dans les poches et le regard féroce, comme un pistolero dans une ville fantôme. — Je m'en contrefiche. Tant mieux. J'attendais depuis longtemps qu'ils aillent tous se faire foutre. » Et il a craché.

— Michele !

Je me suis retourné.

Ma sœur était en culotte et maillot de corps, devant le hangar, avec ses Barbie à la main et Togo qui la suivait comme une ombre.

J'ai couru vers elle. — Maria ! Maria ! Où ils sont, tous les grands ?

Elle m'a répondu tranquillement. — Chez Salvatore.

— Pourquoi ?

Elle a indiqué le ciel. — Les hélicoptères.

— Quoi ?

— Oui, les hélicoptères ils sont passés, et après ils sont tous sortis dans la rue et ils hurlaient et ils sont allés chez Salvatore.

— Pourquoi ?

— Je sais pas.

J'ai regardé autour de moi. Salvatore n'était plus là.

— Et toi, qu'est-ce que tu fais ici ?

— Maman a dit que je dois attendre ici. Elle m'a demandé où t'étais allé.

— Et toi, qu'est-ce que t'as dit ?

— Que t'étais allé sur la montagne.

Les grands sont restés chez Salvatore toute la soirée.

Nous, on les attendait dans la cour, assis sur le rebord de la fontaine.

— C'est quand qu'ils ont fini ? m'a demandé Maria pour la centième fois.

Et moi pour la centième fois, je lui ai répondu : — Je sais pas.

Ils nous avaient dit d'attendre, ils étaient en train de parler.

Barbara montait les escaliers et frappait à la porte toutes les cinq minutes, mais personne n'ouvrait. Elle était inquiète. — Mais de quoi ils parlent depuis tout ce temps ?

— Je sais pas

Rackam était parti avec Remo. Salvatore était à l'intérieur, certainement terré dans sa chambre.

Barbara s'est assise à côté de moi. — Mais qu'est-ce qui se passe ?

J'ai haussé les épaules.

Elle m'a regardé. — Qu'est-ce que t'as ?

— Rien. Je suis crevé.

— Barbara ! » Angela Mura était à la fenêtre. « Barbara, va à la maison.

Barbara a demandé : — Tu viens quand ?

— Bientôt. File.

Barbara nous a salués et elle s'en est allée, toute penaude.

— Ma maman, c'est quand qu'elle sort ? a demandé Maria à Angela Mura.

Elle nous a regardés et a dit : — Rentrez chez vous et mangez tout seuls, elle arrive bientôt. » Elle a refermé la fenêtre.

Maria a fait non avec la tête. — Moi j'y vais pas, j'attends ici.

Je me suis levé. — Bon, on y va. Ça vaut mieux.

— Non !

— Allez. Donne-moi la main.

Elle a ajusté ses lunettes et s'est mise debout. — D'accord, mais je dors pas.

— Eh ben dors pas.

Et, main dans la main, nous sommes rentrés à la maison.

10.

Ils hurlaient si fort qu'ils nous ont réveillés.

Nous nous étions habitués à tout. Aux réunions nocturnes, au bruit, aux voix fortes, aux assiettes cassées, mais là, ils hurlaient trop.

— Pourquoi ils crient comme ça ? m'a demandé Maria, allongée sur son lit.

— Je sais pas.

— Mais quelle heure il est ?

— Tard.

Il faisait nuit noire, la pièce était sombre et nous étions dans notre chambre, réveillés comme des puces.

— Fais-les s'arrêter, s'est lamentée Maria. Ils m'embêtent. Dis-leur de crier plus doucement.

— Je peux pas.

J'essayais de comprendre ce qu'ils disaient, mais les voix se mélangeaient.

Maria s'est étendue à côté de moi. — J'ai peur.

— C'est eux qui ont peur.

— Pourquoi ?

— Parce qu'ils hurlent.

Ces hurlements c'était comme les souffles des lézards verts.

Les lézards verts, quand ils peuvent plus s'échapper et que vous êtes sur le point de les attraper, ils ouvrent grande leur gueule, ils se gonflent et ils soufflent et ils essaient de vous faire peur parce qu'eux ils ont plus peur que vous, vous, vous êtes le géant, et la dernière chose qui leur reste c'est de tenter de vous épouvanter. Et si vous savez pas qu'ils sont gentils, qu'ils vont rien vous faire, que c'est une feinte, vous les touchez pas.

La porte s'est ouverte.

Pendant un instant, la pièce s'est éclairée. J'ai vu la silhouette noire de maman, et derrière, le vieux.

Maman a refermé la porte. — Vous êtes réveillés ?

— Oui », on a répondu.

Elle a allumé la lampe de chevet. A la main, elle serrait une assiette avec du pain et du fromage. Elle s'est assise sur le bord du lit. — Je vous ai apporté à manger. » Elle parlait tout bas, la voix fatiguée. Elle avait des cernes, les cheveux en désordre et très mauvaise mine. « Mangez et puis vous dormez.

— Maman... ? a dit Maria.

Maman a posé l'assiette sur ses genoux. — Quoi ?

— Qu'est-ce qui se passe ?

— Rien. » Maman essayait de couper le fromage, mais sa main tremblait. Elle était pas douée pour jouer la comédie. « Maintenant vous mangez et... » Elle s'est penchée, a posé l'assiette par terre et elle s'est mis une main sur le visage et elle a commencé à pleurer en silence.

— Maman... Maman... Pourquoi tu pleures ? » Maria a éclaté en sanglots.

Moi aussi je sentais un nœud qui gonflait dans ma gorge. J'ai dit : — Maman ? Maman ?

Elle a soulevé la tête et m'a regardé de ses yeux rouges et brillants. — Quoi ?

— Il est mort, pas vrai ?

Elle m'a retourné une claque sur la joue et m'a secoué comme si j'étais en chiffon. — Personne n'est mort ! Personne n'est mort ! Compris ? » Elle a fait une grimace de douleur et a susurré. « Toi, tu es trop petit... » Elle a ouvert grande la bouche et m'a serré contre sa poitrine.

Je me suis mis à pleurer.

Maintenant, nous pleurions tous.

A côté, le vieux hurlait.

Maman l'a entendu et elle s'est éloignée de moi. — Bon, là ça suffit ! » Elle a essuyé ses larmes. Elle nous a donné deux tranches de pain. « Mangez.

Maria a enfoncé ses dents dans le pain, mais elle ne pouvait pas avaler, secouée comme elle l'était par les sanglots. Maman lui a arraché la tranche des mains.

— Vous n'avez pas faim ? Tant pis. » Elle a récupéré l'assiette. « Couchez-vous. » Elle a pris nos oreillers et a éteint la lumière. « Si le bruit vous gêne, glissez votre tête là-dessous. Allez ! » Elle nous les a posés sur la tête.

J'ai essayé de me libérer. — Maman, s'il te plaît. J'étouffe.

— Obéissez ! » elle a rugi. Et elle a appuyé fort.

Maria était désespérée, on aurait dit qu'on l'égorgeait.

— Arrête ! » Maman a hurlé si fort que, pendant un instant, même à côté ils ont cessé de se disputer. J'ai eu peur qu'elle la frappe.

Maria s'est tue.

Si on bougeait, si on parlait, maman répétait comme un disque rayé : — Chuuuut! Dormez.

Moi j'ai fait semblant de dormir et j'ai espéré que Maria allait en faire autant. Et au bout d'un moment, elle s'est calmée.

Maman est restée ainsi très longtemps, j'étais sûr qu'elle passerait la nuit avec nous, mais elle s'est levée. Elle pensait qu'on dormait. Elle a fermé la porte et elle est sortie.

On a retiré nos oreillers. Il faisait sombre, mais le reflet faible du réverbère de la rue éclairait la pièce. Je me suis levé.

Maria s'est assise, a mis ses lunettes et, en reniflant, elle m'a demandé : — Qu'est-ce que tu fais ?

J'ai placé un doigt sur ma bouche. — Taistoi.

J'ai collé mon oreille contre la porte.

Ils continuaient à discuter, plus bas maintenant. J'entendais la voix de Felice et du vieux, mais je comprenais rien. J'ai essayé de regarder par le trou de la serrure, mais on voyait le mur.

J'ai saisi la poignée.

Maria s'est mordu la main. — Qu'est-ce que tu fais, t'es fou ?

— Chuuut ! » J'ai entrebâillé la porte.

Felice était debout, près de la cuisinière. Il portait une combinaison verte, la fermeture éclair baissée jusque sous les côtes laissait apparaître ses pectoraux gonflés. Il avait le regard fixe et la bouche entrouverte sur ses dents de lait. Il s'était rasé la boule à zéro.

— Moi ? il a dit en mettant une main sur la poitrine.

— Oui, toi », a fait le vieux. Il était assis à table, une jambe appuyée sur un genou, une cigarette entre les doigts et un sourire perfide sur la bouche.

— Moi, je serais un pédé ? Une tantouze ? a demandé Felice.

Le vieux a confirmé. — Exactement.

Felice a penché la tête. — Ah ouais, et comment... comment t'as découvert ça ?

— Ça se voit à tout. T'es pédé. Y a rien à faire. Et... » Le vieux a tiré une bouffée. « Et tu sais le pire ?

Felice a froncé les sourcils, intéressé. — Non, c'est quoi ?

On aurait dit deux amis qui se disaient des confidences secrètes.

Le vieux a écrasé son mégot dans son assiette. — C'est que tu le sais pas. Il est là, ton problème. T'es né pédé et tu le sais pas. T'as un certain âge, t'es plus un morveux. Prends-en conscience. Tu serais mieux. Tu ferais ce que font les pédés, tu te ferais mettre. Au lieu de ça, tu joues au dur, à l'homme, tu parles et tu parles trop, mais tout ce que tu fais et dis ça sonne faux, ça sonne pédé.

Papa était debout, et il semblait suivre la conversation, mais il était ailleurs. Le barbier était appuyé contre la porte comme si la maison devait s'écrouler d'un moment à l'autre, et maman, assise sur le divan, l'expression vide, regardait la télé avec le son à zéro. Le lustre était entouré d'une nuée de moucherons qui tombaient, noirs et raides, sur les assiettes blanches.

— Ecoutez-moi, écoutez-moi, on le leur rend. On le leur rend, a sorti papa, à l'improviste.

Le vieux l'a regardé, il a secoué la tête et a souri. — Toi, ferme-la, ça vaut mieux.

Felice a regardé papa, puis il s'est approché du vieux. — Je suis peut-être une tante, mais toi, en attendant, sale connard de Romain, prends-toi ça dans la gueule. » Il a levé un bras et lui a balancé un coup de poing dans la figure.

Le vieux s'est affalé par terre.

J'ai fait deux pas en arrière et je me suis passé les mains dans les cheveux. Felice avait frappé le vieux. J'ai été pris de tremblements et j'ai eu envie de vomir, mais j'ai pas pu m'empêcher de retourner regarder.

Dans la cuisine, papa hurlait. — Putain, qu'est-ce que tu fous ? T'es dingue ou quoi ? » Il a attrapé Felice par un bras et il essayait de l'éloigner.

— Il m'a traité de pédé, ce bâtard... » Felice allait se mettre à chialer. « Je vais le tuer...

Le vieux était par terre. Il me faisait de la peine. Je voulais l'aider et je pouvais pas. Il tentait de se relever, mais ses pieds glissaient sur le sol et ses bras le soutenaient pas. Du sang et de la salive coulaient de sa bouche. Les lunettes qu'il portait sur la tête étaient maintenant sous la table. Je regardais ses mollets blancs, secs et sans poils qui pointaient de son pantalon de toile bleue. De ses mains, il s'est accroché au bord de la table et lentement, il s'est hissé et s'est remis debout. Il a pris une serviette et l'a appuyée sur sa bouche.

Maman pleurait sur le divan. Le barbier était cloué à la porte comme s'il avait vu le diable.

Felice a fait deux pas vers le vieux, bien que papa essaye de le retenir. — Alors, à ton avis, c'est un pain de tantouze, ça ? Dis-moi encore une fois que je suis pédé et je te jure que tu te relèves plus jamais de par terre.

Le vieux s'est assis sur une chaise et, avec la serviette, il se tamponnait une énorme coupure sur les lèvres. Puis il a levé la tête et il a regardé fixement Felice et il a dit d'une voix ferme : — Si t'es un homme, alors prouve-le. » Un éclair mauvais a traversé son regard. « T'avais dit que tu le faisais et t'as ravalé tes mots. Comment tu disais ? Moi je le découpe comme un agneau, y a pas de problème, moi j'ai pas peur. Je suis un para, moi. Moi par-ci, moi par-là. De la gueule, rien que de la gueule. T'es pire qu'un chien, t'es même pas bon à garder un môme. » Il a craché un flot de sang sur la table.

— Sale con ! » a pleurniché Felice en traînant papa derrière lui. « Moi je le fais pas. Pourquoi c'est moi qui devrais le faire, hein, pourquoi ? » Sur ses joues rasées coulaient deux rigoles de larmes.

— Aide-moi ! Aide-moi ! » a hurlé papa au père de Barbara. Et le barbier s'est jeté sur Felice. A eux deux, ils réussissaient à peine à le maintenir immobile.

— Moi, je le ferai pas, connard ! a répété Felice. Moi, j'irai pas en tôle pour toi. Oublie !

Maintenant, il le tue, je me suis dit.

Le vieux s'est mis debout. — Bon, c'est moi qui le fais, alors. Mais rassure-toi, si je plonge, tu plonges avec moi. Je t'emmène au fond avec moi, merdeux. Tu peux en être certain.

— Où tu m'emmènes, Romain de mes deux? » Felice s'est avancé, tête baissée. Papa et le barbier ont essayé de le retenir mais il les a secoués de son dos comme des pellicules et il s'est jeté à nouveau sur le vieux.

Le vieux a sorti son pistolet de son pantalon et il le lui a appuyé sur le front. — Essaye de me frapper encore une fois. Essaye voir. Fais-le, vas-y. Je t'en prie, fais-le...

Felice s'est immobilisé, comme s'il jouait à un deux trois, soleil.

Papa s'est interposé. — Calmez-vous, ça suffit! Vous commencez à nous casser les couilles, tous les deux. » Et il les a séparés.

— Essaye! » Le vieux a fourré son pistolet dans sa ceinture. Sur le front de Felice, il restait un petit cercle rouge.

Maman, assise dans un coin, pleurait et répétait, la main sur la bouche : — Doucement! Faites doucement! Faites doucement!

— Pourquoi il veut lui tirer dessus?

Je me suis retourné.

Maria s'était levée et était derrière moi.

— Retourne te coucher ! je lui ai hurlé tout bas.

Elle a fait non avec la tête.

— Maria, retourne te coucher !

Ma sœur a plissé la bouche et a fait non.

J'ai levé la main, j'allais lui balancer une claque, mais je me suis retenu. — Retourne te coucher et te force pas à pleurer.

Elle a obéi.

Papa, entre-temps, avait réussi à les faire s'asseoir. Lui, en revanche, il continuait à marcher, les yeux brillants, une lumière folle s'était allumée au-dedans de lui.

— Ça suffit. On tire au sort. On est combien ? Quatre. A la fin, de tous ceux qu'on était, on n'est restés que quatre. Les quatre plus cons. Tant mieux. Celui qui perd, il le tue. C'est tout simple.

— Et il prend perpète, a dit le barbier, en se passant une main sur le front.

— Bravo ! » Le vieux battait des mains. « Je vois qu'on commence à raisonner.

Papa a pris une boîte d'allumettes et l'a montrée à tous. — Voilà. On va faire un jeu. Vous le connaissez le coup du soldat ?

J'ai fermé la porte.

Je connaissais ce jeu.

Dans l'obscurité, j'ai trouvé mon tee-shirt et mon short et je les ai enfilés. Où étaient passées mes sandales ?

Maria était sur le lit et me regardait. — Tu fais quoi ?

— Rien. » Elles étaient dans un coin.

— Où tu t'en vas ?

Je les ai mis. — Quelque part.

Je suis monté sur le lit, et de là sur le rebord de la fenêtre.

J'ai regardé en dessous. — Je vais voir Filippo. » Papa avait garé le camion sous notre fenêtre, heureusement.

— C'est qui, Filippo ?

— Un ami à moi.

C'était haut et la bâche était pourrie. Papa disait toujours qu'il devait s'en acheter une nouvelle. Si j'atterrissais sur les pieds, elle se déchirait et je m'écrasais sur la plate-forme du camion.

— Si tu fais ça, je le dis à maman.

Je l'ai regardée. — Rassure-toi. Dessous, y a le camion. Toi, dors. Si maman vient... » Qu'est-ce qu'elle devait lui dire ? « Dis-lui... Dis-lui ce que tu veux.

— Elle va se mettre en colère.

— C'est pas grave. » J'ai fait le signe de

croix, j'ai retenu mon souffle, j'ai fait un pas et je me suis laissé tomber, les bras ouverts.

J'ai atterri sur le dos au centre de la bâche sans même me faire une égratignure. Elle résistait.

Maria s'est penchée à la fenêtre. — Tu reviens vite, promis ?

— Je reviens tout de suite. T'inquiète. » Je suis passé dans la cabine et de là j'ai sauté par terre.

La rue était sinistre, comme cette nuit sans étoiles. Les maisons étaient sombres et silencieuses. Les seules fenêtres allumées étaient celles de chez moi. Le réverbère près de la fontaine était entouré d'un ballon de moucherons.

Le ciel s'était à nouveau couvert et Acqua Traverse était enveloppé d'une couverture noire et épaisse de ténèbres. Je devais entrer dedans pour arriver à la ferme de Melichetti.

Je devais trouver le courage.

Tiger Jack. Pense à Tiger Jack.

L'Indien m'aiderait. Avant de faire une action, je devais penser à ce qu'aurait fait l'Indien à ma place. Il était là, le secret.

J'ai couru derrière la maison prendre ma bicyclette. Mon cœur martelait déjà ma poitrine.

Red Dragon était appuyé, tout arrogant et coloré, contre le Clou.

J'allais le prendre, et puis je me suis dit, mais je suis fou ou quoi ? Avec ce crétin d'engin, où je vais ?

Je volais sur mon vieux Clou.

Je m'encourageais. — Allez, Tiger, allez.

J'avais plongé dans l'encre. La route, je la voyais à peine et quand je ne la voyais pas, je me l'imaginais. De temps à autre, la faible lueur de la lune réussissait à se diffuser dans la couverture de nuages qui nappait le ciel et alors j'apercevais pendant un instant les champs et les silhouettes noires des collines sur les côtés de la chaussée.

Je serrais les dents et je comptais mes coups de pédale.

Un deux trois, je respire...

Un deux trois, je respire...

Mes pneus bruissaient sur le gravier. Le vent se collait à ma figure comme un linge chaud.

L'appel strident d'une chouette, l'aboiement d'un chien au loin. C'était le silence. Mais j'entendais quand même leurs murmures dans les ténèbres.

Je me les imaginais sur le bord de la route,

des êtres petits, aux oreilles de renard et aux yeux rouges, ils m'observaient et ils discutaient entre eux.

Regarde ! Regarde ! Un gamin !

Qu'est-ce qu'il fait en pleine nuit par ici ?

On l'attrape ?

Oui, oui, oui, super... On l'attrape !

Et derrière, il y avait les seigneurs des collines, les géants en terre et en épis qui me suivaient, ils attendaient juste que je me casse la figure dans le fossé pour me tomber dessus et m'ensevelir. Je les entendais respirer. Ils faisaient le même bruit que le vent dans le blé.

Le secret c'était de rester au milieu de la route, mais je devais être prêt à tout.

Lazare, il avait peur de rien.

Tu vas le voir, je me suis dit.

Dans la nuit, Lazare était lumineux. Il s'allumait et s'éteignait comme l'enseigne du bar La Perla de Lucignano. Et quand il s'allumait, on voyait les fourmis lui marcher dans les veines. Il allait pas vite, ça j'en étais sûr, et s'il se serait mis à courir, il serait tombé en mille morceaux. L'essentiel, c'était de passer près de lui, sans s'arrêter, sans ralentir.

— Filippo... j'arrive... Filippo... j'arrive... je me répétais en haletant de fatigue.

Tandis que j'approchais de la ferme, une

terreur nouvelle, encore plus étouffante, grandissait au-dedans de moi. Sur la nuque, j'avais les cheveux dressés comme des aiguilles.

Les cochons de Melichetti.

Les seigneurs des collines et compagnie me terrorisaient, mais je savais qu'ils existaient pas, que je me les inventais, que je pouvais en parler à personne parce qu'on se serait fichu de moi, les cochons, par contre, je pouvais parfaitement en parler parce qu'ils existaient vraiment et qu'ils étaient affamés.

De chair vivante.

« Le basset a essayé de s'échapper, mais les cochons lui ont laissé aucune chance. Massacré en deux secondes. » Voilà ce qu'avait dit Rackam.

Peut-être que la nuit Melichetti les laissait en liberté. Ils se baladaient autour de la ferme, énormes, méchants, avec des crocs effilés et le groin en l'air.

Plus je me tenais loin de ces sales bêtes, mieux c'était.

Au loin, une faible lumière est apparue dans les ténèbres.

La ferme.

J'étais presque arrivé.

J'ai freiné. Il n'y avait plus de vent. L'air

était immobile et chaud. De la crevasse toute proche, me parvenait le son des grillons. Je suis descendu de la bicyclette et je l'ai jetée dans les buissons, sur le côté de la route.

On n'y voyait rien.

J'avançais vite en respirant à peine, en lançant tout le temps des coups d'œil par-dessus mon épaule. J'avais la trouille que la griffe coupante d'un monstre s'enfonce dans mon cou Maintenant que j'étais à pied, il y avait un tas de bruits, des crissements, des coups sourds, des sons bizarres. Autour de moi, j'avais une masse noire et compacte qui envahissait la route. J'ai mouillé mes lèvres sèches, j'avais un goût amer dans la bouche. Mon cœur martelait dans ma gorge.

J'ai posé la semelle de ma sandale sur une chose visqueuse, j'ai sursauté, j'ai poussé un petit cri étouffé et j'ai atterri par terre, m'éraflant un genou.

— C'est qui ? C'est qui ? » j'ai balbutié et je me suis roulé en boule, m'attendant à être emprisonné dans les tentacules gélatineuses et urticantes d'une méduse.

Deux sons sourds et un « Coâ coâ coâ ».

Un crapaud ! J'avais marché sur un crapaud des blés. Ce crétin s'était mis au milieu de la route.

Je me suis relevé et en boitant, j'ai poursuivi vers la petite lumière.

J'avais même pas apporté une torche. J'aurais pu prendre celle qui était dans le camion de papa.

Arrivé aux abords de la cour, je me suis caché derrière un arbre.

La maison était à une centaine de mètres. Les fenêtres étaient noires. Seule une ampoule pendait à côté de la porte et elle éclairait un bout de mur décrépit et la balancelle rouillée.

Un peu plus loin, dans l'obscurité, il y avait les enclos des cochons. Je sentais déjà l'odeur écœurante de leurs excréments.

Où pouvait bien être Filippo ?

En bas dans la crevasse, avait dit Salvatore. Ce long canyon, j'y étais allé plusieurs fois avec papa, en hiver, pour chercher des champignons. C'était rien que des rochers, des trous et des parois en pierre.

Si je passais par les champs, j'arrivais sur le bord de la crevasse et de là, je pouvais descendre au fond sans trop avoir à m'approcher de la maison.

C'était un bon plan.

J'ai traversé le champ en courant. Ils avaient coupé le blé. De jour, sans les épis, on m'aurait vu, mais là, sans la lune, j'étais en sécurité.

Je me suis arrêté sur la pointe du gouffre. En dessous, c'était si noir que je ne me rendais pas compte si la roche était très escarpée, si elle était lisse ou s'il y avait des points d'appui.

Je continuais à me maudire de pas avoir pris la torche. Impossible de descendre par là. Je risquais de me faire mal.

La seule chose, c'était de s'approcher de la maison, à cet endroit-là la crevasse était plus basse et il y avait une petite route qui descendait entre les rochers. Mais là-bas, il y avait aussi les cochons.

J'étais couvert de sueur.

« Les cochons, ça a le meilleur flair du monde, autre chose que les chiens de chasse », disait le père de Rackam, qui était chasseur.

Impossible de passer par là. Ils me sentiraient.

Qu'aurait fait Tiger Jack à ma place ?

Il les aurait affrontés. Il les aurait massacrés avec sa Winchester et il les aurait transformés en saucisses à griller au feu de bois, en compagnie de Tex et de Cheveux d'argent.

Non. C'était pas son style.

Qu'est-ce qu'il aurait fait ?

Réfléchis, je me suis dit. Fais un effort.

Il aurait cherché à enlever l'odeur humaine qu'il a sur lui, voilà ce qu'il aurait fait.

Les Indiens, quand ils allaient à la chasse aux buffles, ils s'enduisaient de graisse et ils se mettaient sur le dos des peaux de bêtes. Voilà ce que je devais faire : m'enduire de terre. Non, pas de terre. De merde. C'était mieux. Si je puais la merde, ils me remarqueraient pas.

Je me suis approché le plus possible de la maison, en restant dans le noir.

La puanteur augmentait.

En plus des grillons, j'entendais autre chose. Une musique. Des notes de piano et une voix rauque qui chantait : « Quelle eau glacée, et personne pour me sauver. Tombé du navire, tombé à tribord, quand il y a bal à bord. Vogue la vague... »

Il chantait, Melichetti ?

Quelqu'un était assis sur la balancelle. Par terre, à côté, il y avait une radio. C'était soit Melichetti soit sa fille boiteuse.

J'ai épié un moment, tapi derrière les vieux pneus du tracteur.

Il paraissait mort.

Je me suis approché davantage.

C'était Melichetti.

La tête rabougrie abandonnée sur un coussin crasseux, la bouche ouverte et la carabine sur les genoux. Il ronflait si fort que même de là je réussissais à l'entendre.

La voie était libre.

Je suis sorti à découvert, j'ai fait quelques pas et les aboiements aigus d'un chien ont déchiré le silence. Pendant un instant, même les grillons se sont tus.

Le chien ! J'avais oublié le chien.

Deux yeux rouges couraient dans l'obscurité. Il tirait sur sa chaîne et aboyait, tout étranglé.

J'ai plongé à corps perdu dans le blé.

— Qu'est-ce qu'il y a ? Qu'est-ce t'as ? Qu'est-ce qui te prend ? » a sursauté Melichetti. Il était sur la balancelle et tournait la tête comme un hibou. « Tiberio ! Sage ! Couché, Tiberio !

Mais la bête n'en finissait plus d'aboyer, alors Melichetti s'est étiré, a remis sa minerve et s'est levé, il a éteint la radio et allumé la torche.

— Qui est là ? Qui est là ? Y a quelqu'un ? » il a hurlé à l'obscurité et il a fait mollement deux ou trois fois le tour de la cour, sa carabine sous le bras, pointant le rayon de lumière autour de lui. Il est revenu sur ses pas en marmonnant : « Arrête de faire tout ce foin ! Y a personne.

L'animal s'est aplati par terre et il s'est mis à gronder entre ses crocs.

Melichetti est entré dans la maison en claquant la porte.

Je me suis tenu le plus loin possible du chien et me suis approché de la porcherie. J'apercevais dans les ténèbres la silhouette carrée des enclos. La puanteur âcre augmentait et m'irritait la bouche.

Je devais me camoufler. J'ai quitté mon tee-shirt et mon short. En slip, j'ai enfoncé mes mains dans la terre trempée de pisse et, en faisant la grimace, je me suis tartiné la poitrine, les bras, les jambes et la figure de cette bouillasse dégoûtante.

— Allez, Tiger. Vas-y, t'arrête pas », j'ai murmuré et je me suis mis à avancer à quatre pattes. C'était pas du gâteau. Mes mains et mes genoux s'enlisaient dans la boue.

Le chien a recommencé à aboyer.

Je me suis retrouvé entre deux enclos. Devant moi, il y avait un couloir large de moins d'un mètre qui se perdait dans l'obscurité.

Je les entendais. Ils étaient là. Ils lançaient des cris sourds et profonds qui ressemblaient au rugissement d'un lion. Je sentais leur force dans le noir, ils se déplaçaient en troupeau et ils piétinaient avec leurs sabots, et les planches vibraient sous leurs poussées.

Avance et te retourne pas, je me suis ordonné.

Je priais pour que mon armure en merde fonctionne. Si un de ces bestiaux passait son groin entre les planches, il m'arrachait une jambe d'un coup de crocs.

Je voyais la fin de l'enclos quand il y a eu un piétinement soudain et des grognements, comme s'ils se disputaient.

J'ai pas pu m'empêcher de regarder.

A un mètre, deux yeux jaunes et mauvais m'observaient. Derrière ces petits phares, il devait y avoir des centaines de kilos de muscles, de chair et de crin et d'ongles et de crocs et de faim.

Nous nous sommes fixés pendant un instant infini, puis l'être a fait un écart et j'ai eu la certitude qu'il avait abattu l'enclos.

J'ai hurlé et j'ai bondi sur mes pieds et j'ai couru et j'ai glissé dans le fumier et je me suis relevé, j'ai recommencé à courir, bouche ouverte, dans le noir, serrant à mort mes poings et soudain j'étais en l'air, je volais, j'ai eu le cœur au bord des lèvres et mes tripes se sont serrées autour d'un coup de poing de douleur.

J'avais dépassé le bord de la crevasse.

Je me précipitais dans le vide.

J'ai atterri, un mètre plus bas, au milieu des

branches d'un olivier qui poussait de traviole entre les rochers abrupts et hissait son feuillage au-dessus du surplomb.

Je me suis cramponné à une branche. S'il y avait pas eu cet arbre béni pour arrêter ma chute, je me serais écrabouillé sur les rochers. Comme Francesco.

Un croissant de lune s'est ouvert un passage à travers les nuages livides et je pouvais voir, au-dessous de moi, cette longue blessure dans la campagne.

J'ai essayé de me retourner, mais le tronc ondulait comme un mât. Il va se briser, je me suis dit. Et je vais dégringoler avec tout l'arbre.

Mes mains et mes jambes tremblaient et à chaque instant j'avais le sentiment de glisser plus bas. Quand enfin j'ai serré sous mes doigts la roche, j'ai repris ma respiration. Je me suis hissé sur le bord de la crevasse.

Elle était profonde et se déroulait à droite et à gauche sur plusieurs centaines de mètres. Dedans, rien que des trous, des anfractuosités et des arbres.

Filippo pouvait être n'importe où.

A ma droite, partait un sentier escarpé qui sinuait entre les rochers blancs. Il y avait un poteau planté dans la terre, auquel était nouée une corde râpée qui devait servir à Melichetti pour s'aider à descendre. Je m'y suis agrippé et j'ai suivi le sentier. Au bout de quelques mètres, j'ai débouché sur un terre-plein couvert de crottes. Il était clos par une barrière faite de branches liées entre elles. A l'un des piquets étaient accrochés des vêtements, des cordes et des faux. Attachées à une racine qui pointait du sol, il y avait trois petites chèvres et une chèvre plus grande. Elles me fixaient.

Je leur ai dit : — Au lieu de me regarder comme des crétines, dites-moi où est Filippo.

Une ombre noire et silencieuse s'est lancée du ciel sur moi, elle m'a frôlé, je me suis protégé la tête avec mes mains.

Une chouette.

Elle est remontée, s'est évanouie dans le noir, puis elle est redescendue vers le terre-plein et elle est retournée dans le ciel.

Bizarre, c'étaient des oiseaux gentils.

Pourquoi elle m'attaquait ?

— Je m'en vais, je m'en vais, j'ai murmuré.

Le chemin continuait et j'ai repris la descente en me tenant à la corde. Je devais marcher accroupi et tâter de mes mains les obstacles qui se présentaient à moi, comme les aveugles. Quand je suis arrivé au fond de la gorge, je suis resté bouche bée. Les buissons de houx, les chardons, les arbousiers, les mousses et les roches étaient couverts de petits points lumineux qui pulsaient comme de minuscules phares dans la nuit. Les lucioles.

Les nuages s'étaient clairsemés et une demi-lune teintait de jaune la crevasse. Les grillons chantaient. Le chien de Melichetti avait cessé d'aboyer. Tout était en paix.

Devant moi se dressait un bosquet d'oliviers et derrière, sur l'autre versant de la gorge, une étroite cassure s'ouvrait dans la pierre.

De là émanait une odeur acide de crottes. J'ai passé la tête et j'ai entendu des mouvements et des bêlements. Un tapis de brebis. On les avait enfermées dans la grotte avec un grillage métallique. Elles étaient serrées comme des sardines. Aucun espace pour Filippo.

Je suis revenu sur l'autre versant, mais n'arrivais pas à trouver de trous, de tanières où cacher un enfant.

Quand je m'étais jeté de ma fenêtre, je n'avais même pas été effleuré par l'idée que je pouvais peut-être ne pas réussir à le trouver. Il me suffisait de traverser le noir et de pas me faire bouffer par les cochons et lui il était là.

Eh ben, c'était pas comme ça.

La crevasse était très longue et ils pouvaient avoir mis Filippo à l'autre bout.

J'étais effondré. — Filippo, où tu es ? » j'ai hurlé. Mais tout bas. Melichetti pouvait m'entendre. « Réponds-moi ! Où tu es ? Réponds-moi.

Rien.

Seule une chouette m'a répondu. Elle poussait un cri étrange, on aurait dit qu'elle disait « Toutamoi, toutamoi, toutamoi ». C'était peut-être la même que celle qui m'avait attaqué avant.

C'était pas juste. J'avais fait tout ce chemin, j'avais risqué ma vie pour lui et lui il se laissait pas trouver. J'ai commencé à courir d'avant en arrière entre les rochers et les oliviers, au hasard, pris de désespoir.

De rage, j'ai empoigné une branche par terre et je l'ai frappée contre un rocher, jusqu'à m'en écorcher les mains. Puis je me suis assis. Je secouais la tête et essayais de chasser la pensée que tout avait été inutile.

Je m'étais sauvé de la maison comme un idiot.

Papa devait être furibard. Il allait me massacrer de coups.

Ils avaient dû s'apercevoir que j'étais plus dans ma chambre. Et même s'ils s'en étaient pas aperçus, ils allaient bientôt débarquer ici pour tuer Filippo.

Papa et le vieux devant, Felice et le barbier derrière. A toute allure, dans le noir, dans la voiture grise au viseur sur le capot, en écrasant sous leurs roues les crapauds.

Michele, qu'est-ce que tu attends ? Reviens à la maison, m'a ordonné la voix de Maria.

— Je reviens, j'ai dit.

J'avais fait ce que je pouvais et lui il s'était pas laissé trouver. C'était pas de ma faute.

Je devais me dépêcher, ils pouvaient se pointer d'un moment à l'autre.

Si je courais, sans jamais m'arrêter, peut-être que j'arrivais à la maison avant qu'ils sortent. Ni vu ni connu je t'embrouille. Ce serait bien.

J'ai grimpé en vitesse entre les rochers, en refaisant le chemin déjà parcouru. Maintenant qu'il y avait un peu de lumière, c'était plus facile.

La chouette. Elle volait au-dessus du terre-plein, et quand elle passait devant la lune, je voyais sa silhouette noire, ses ailes larges et courtes.

— Mais qu'est-ce que tu veux, à la fin ? » J'ai traversé le terre-plein en courant, près des chèvres, et l'oiseau a piqué de nouveau. Je me suis écarté et je me suis retourné pour regarder cette chouette folle.

Elle continuait à voler au-dessus du terre-plein. Elle frôlait la pile de poteaux appuyés contre les rochers, elle faisait un tour et revenait en arrière, entêtée.

Mais pourquoi elle faisait ça ? Il y avait un rat ? Non. Quoi, alors ?

Son nid !

Bien sûr. Son nid. Ses petits.

Les hirondelles c'est pareil, si vous faites tomber leur nid par terre, elles tournent en rond jusqu'à ce qu'elles meurent d'épuisement.

Cette chouette, on lui avait bouché son nid. Et les chouettes font leur nid dans les trous.

Les trous !

J'ai rebroussé chemin et j'ai commencé à déplacer les poteaux entassés, alors que la chouette me frôlait. — Attends, attends, je lui ai dit.

Cachée à la va comme je te pousse, il y avait une ouverture dans la roche. Une bouche ovale large comme la roue d'un camion.

La chouette s'est enfilée à l'intérieur.

Il y faisait noir comme dans du charbon. Et il y avait l'odeur de bois brûlé et de cendres. J'arrivais pas à savoir de combien c'était profond.

J'ai passé ma tête dedans et j'ai appelé. — Filippo ?

En guise de réponse, j'ai eu l'écho de ma voix.

— Filippo ? » Je me suis avancé un petit peu plus. « Filippo ?

J'ai attendu. Aucun bruit.

— Filippo, tu m'entends ?

Il était pas là.

Il est pas là. Cours à la maison, m'a répété la voix de ma sœur.

J'ai fait trois pas quand j'ai eu l'impression d'entendre une plainte, un gémissement sourd.

Je me l'étais imaginé ?

Je suis revenu sur mes pas et j'ai passé ma tête dans le trou.

— Filippo ? Filippo, t'es là ?

Et du trou est sorti un « Mmm ! Mmm ! ».

— Filippo, c'est toi ?

— Mmm !

Il était là !

J'ai senti un poids qui se volatilisait dans ma poitrine, je me suis appuyé contre la roche et j'ai glissé par terre. Je suis resté assis là, abandonné sur ce terre-plein couvert de crottes de chèvres, le sourire aux lèvres.

Je l'avais trouvé.

J'avais envie de pleurer. J'ai essuyé mes yeux de mes mains.

— Mmm !

Je me suis relevé. — J'arrive. J'arrive tout de suite. T'as vu ? Je suis venu, j'ai tenu ma promesse. T'as vu ?

Une corde. J'en ai trouvé une, enroulée à côté des faux. Je l'ai attachée à la racine où étaient les chèvres et je l'ai jetée dans le trou.
— Me voilà.

Je me suis laissé glisser à l'intérieur. Mon cœur pompait si fort qu'il faisait trembler ma poitrine et mes bras. Les ténèbres me donnaient le vertige. Je manquais d'air. Il me semblait être dans du pétrole et ça caillait.

J'ai fait à peine deux mètres et j'ai touché le sol. C'était plein de poteaux, de bouts de bois, de cagettes à tomates entassées. A quatre pattes, les mains en avant, je tâtais l'obscurité. J'étais nu et je tremblais à cause du froid glacial.

— Filippo, où tu es ?

— Mmm !

On lui avait fermé la bouche.

— J'arr... » Mon pied s'est pris entre les branches, je suis tombé bras en avant sur des fagots bourrés d'épines. Un élancement aigu de douleur m'a mordu la cheville. J'ai hurlé et de la bile chaude et acide est remontée dans ma gorge. Une bouffée glaciale a balayé mon dos et j'ai senti mes oreilles en flammes.

De mes mains tremblantes, j'ai tiré sur mon pied encastré. La douleur pressait dedans ma cheville. — J'ai dû me faire une entorse, j'ai grogné. Où tu es ?

— Mmm !

Je me suis traîné, dents serrées, vers le gémissement, et je l'ai trouvé. Il était sous les fagots. Je l'ai dégagé et je l'ai tâté. Il était à terre. Nu. Il avait les bras et les jambes attachées avec du gros scotch pour les cartons.

— Mmm !

Je lui ai mis les mains sur le visage. Sur la bouche aussi il avait du scotch.

— Tu peux pas parler. Attends, je te l'enlève. Ça va peut-être te faire un peu mal.

Je le lui ai arraché. Il n'a pas hurlé, mais s'est mis à haleter.

— Comment tu vas ?

Il a rien dit.

Il haletait comme le braque mordu par la vipère.

— Tu te sens mal ?

Je lui ai touché la poitrine. Elle se gonflait et se dégonflait trop rapidement.

— On va s'en aller ? On s'en va. Attends. »

J'ai essayé de lui détacher les poignets et les chevilles. C'était serré. A la fin, avec les dents, désespéré, j'ai commencé à scier le scotch. Je lui ai libéré d'abord les mains et puis les pieds.

— Voilà, c'est fait. On y va. » Je lui ai pris un bras, mais le bras est retombé sans forces. « Mets-toi droit, s'il te plaît. Il faut qu'on se tire, ils arrivent. » J'essayais de le relever, mais il retombait comme un pantin. Il n'y avait plus une miette d'énergie dans ce petit corps épuisé. S'il n'était pas mort, c'était juste parce qu'il continuait à respirer. « Moi, je peux pas te porter en haut. J'ai mal à la jambe ! Je t'en prie, Filippo, aide-moi... » Je l'ai pris par les bras. « Allez ! Allez ! » Je l'ai assis, mais dès que je l'ai lâché, il s'est affalé par terre. « Qu'est-ce que je dois faire ? Tu comprends pas qu'ils te tuent si tu restes ici ? » Un nœud étranglait ma gorge. « Tu meurs si tu restes comme ça, idiot, sombre idiot ! Moi, pour toi, je suis venu ici, jusqu'ici. Moi, ma promesse je l'ai tenue et toi... et toi... » J'ai fondu en larmes. J'étais secoué de sanglots. « Tu... dois... te... lever... imbécile, imbécile... que... t'es. » J'ai essayé encore et encore, entêté, mais il s'est laissé tomber dans la cendre, la tête toute repliée, comme une poule morte. « Lève-toi !

Lève-toi ! » j'ai hurlé et je l'ai bourré de coups de poings.

Je savais pas quoi faire. Je me suis accroupi, le front sur les genoux. — T'es pas encore mort, tu comprends ? » Je suis resté ainsi, à pleurer. « C'est pas le paradis, ça.

Pendant un instant, il a cessé de haleter et a murmuré quelque chose.

J'ai approché mon oreille de sa bouche. — Qu'est-ce t'as dit ?

Il a murmuré : — J'y arrive pas.

Je l'ai secoué. — Comment ça, tu y arrives pas ?

— J'y arrive pas, excuse-moi.

— Bien sûr que si, tu y arrives.

Il parlait plus. Je l'ai enlacé. Couverts de boue, nous tremblions de froid. Il y avait plus rien à faire. J'y arrivais pas moi non plus. Je me sentais fatigué à en mourir, épuisé, ma cheville continuait à m'élancer. J'ai fermé les yeux, mon cœur a commencé à se détendre et sans le vouloir je me suis endormi.

J'ai rouvert les yeux.

Il faisait noir. Pendant une seconde, j'ai cru que j'étais à la maison, dans mon lit.

Puis j'ai entendu le chien de Melichetti aboyer. Et des voix.

Ils étaient arrivés.

Je l'ai secoué fort. — Filippo ! Filippo, ils sont là ! Ils veulent te tuer. Lève-toi.

Il a haleté. — Je peux pas.

— Bien sûr que si. Combien tu paries ? » Je me suis agenouillé, et avec les mains, je l'ai poussé en avant, entre les branches, en me fichant du mal. Le mien, le sien. Je devais le porter hors de ce trou. Les fagots me griffaient mais j'ai continué à pousser, en serrant les dents, jusqu'à la bouche dans la roche.

Les voix étaient proches. Et une lueur balayait les feuillages des arbres.

Je l'ai attrapé par les bras. — Maintenant, tu dois te mettre debout. Tu dois le faire. Un point c'est tout. » Je l'ai tiré vers le haut, il s'est agrippé à mon cou. Il s'est mis debout. « T'as vu, imbécile ? T'as vu que tu t'es mis debout, hein ? Seulement maintenant, faut que tu montes. Moi je te pousse par en dessous mais toi tu dois t'accrocher au trou.

Il s'est mis à tousser. On aurait dit que dans sa poitrine des cailloux ricochaient. Quand enfin il s'est arrêté, il a secoué la tête et a dit :
— Sans toi, j'y vais pas.

— Quoi ?

— Sans toi, j'y vais pas.

Je l'enlaçais comme si c'était un pantin. — Fais pas l'idiot. J'arrive tout de suite.

Maintenant, ils paraissaient être là. Le chien aboyait au-dessus de ma tête.

— Non.

— Eh ben, si, tu t'en vas, t'as compris ? » Si je le lâchais, il s'écroulait par terre. Je l'ai pris dans mes bras et je l'ai poussé vers le haut. « Attrape la corde, allez.

Et je l'ai senti plus léger. Il s'était accroché. Cette andouille avait fini par s'accrocher à la corde ! Il était au-dessus de moi. Il posait ses pieds sur mes épaules.

— Bon, maintenant je te pousse, mais toi continue à tirer sur tes bras, compris ? Lâche pas.

J'ai vu sa petite tête enveloppée par la lumière pâle du trou.

— T'es arrivé. Maintenant, soulève-toi dehors.

Il a essayé. Je l'entendais qui faisait des efforts inutiles. — Attends, je vais t'aider », j'ai dit en le saisissant par les chevilles. « Je te pousse un coup. Toi, tu te jettes en avant. » J'ai forcé sur mes jambes et en serrant les dents, je l'ai lancé dehors et je l'ai vu disparaître, avalé par la bouche, au même instant, j'ai senti comme un long clou pointu s'enfoncer dans l'os de ma cheville jusqu'à la moelle et un élancement mordant de douleur traverser ma jambe comme une secousse jusqu'à l'aine, et je me suis effondré.

— Michele ! Michele ! J'ai réussi ! Viens !

J'ai roté de l'air acide. — J'arrive. J'arrive tout de suite.

J'ai essayé de me lever mais ma jambe ne répondait plus. Du sol, j'ai essayé d'attraper la corde, sans succès.

J'entendais les voix de plus en plus proches. Le bruit des pas.

— Michele, tu viens ?

— J'arrive.

Ma tête tournait, mais je me suis mis à genoux. J'étais incapable de me hisser.

J'ai dit : — Filippo, sauve-toi !

Il a passé sa tête dans le trou. — Monte !

— J'y arrive pas. Ma jambe. Toi, sauve-toi !

Il a fait non avec la tête. — Non, j'y vais pas. » La lumière dans son dos était plus forte.

— Sauve-toi. Ils sont là. Sauve-toi.

— Non.

— Tu dois t'en aller. Je t'en prie. Va-t'en !

— Non.

J'ai hurlé et imploré. — Va-t'en ! Va-t'en ! Si tu t'en vas pas, ils te tuent, tu veux le comprendre ?

Il s'est mis à pleurer.

— Va-t'en. Va-t'en loin. Je t'en prie, je t'en supplie. Va-t'en loin... Et t'arrête pas. T'arrête jamais. Jamais plus... Cache-toi ! » Je suis tombé à terre.

— J'y arrive pas, il a dit. J'ai peur.

— Non, t'as pas peur. T'as pas peur. Y a pas de raisons d'avoir peur. Cache-toi.

Du sol, je me suis mis à chercher la corde dans l'obscurité, je l'ai effleurée, mais je l'ai perdue. J'ai réessayé, mais elle était trop haute.

A travers le trou, j'ai vu papa. Dans une main, il tenait un pistolet, dans l'autre une lampe électrique.

Il avait perdu.

Comme d'habitude.

La lumière m'a aveuglé. J'ai fermé les yeux.

— Papa, c'est moi, c'est Miche...

Puis il y a eu le blanc.

J'ai ouvert les yeux.

Ma jambe me faisait mal. Pas la jambe d'avant. L'autre. La douleur était une plante grimpante. Un fil de fer barbelé qui s'entortille aux boyaux. Une chose bouleversante. Rouge. Un barrage qui s'est rompu.

Rien ne peut endiguer un barrage qui s'est rompu.

Un grondement montait. Un grondement métallique qui croissait et couvrait tout. Il pulsait dans mes oreilles.

J'étais mouillé. J'ai touché ma jambe. Elle était toute poisseuse d'une chose dense et chaude.

Je veux pas mourir. Je veux pas.

J'ai ouvert les yeux.

J'étais dans un tourbillon de paille et de lumières.

Il y avait un hélicoptère.

Et il y avait papa. Il me tenait dans ses bras. Il me parlait mais je l'entendais pas. Ses cheveux brillaient, agités par le vent.

Des lumières m'aveuglaient. Sortis des ténèbres, apparaissaient des êtres noirs et des chiens. Ils venaient vers nous.

Les seigneurs de la colline.

Papa, ils arrivent. Sauve-toi. Sauve-toi.

Sous le grondement, mon cœur marchait dans ma poitrine.

J'ai vomi.

J'ai ouvert les yeux à nouveau.

Papa pleurait. Il me caressait. Les mains rouges. Une silhouette sombre s'est approchée. Papa l'a regardée.

Papa, tu dois te sauver.

Dans le grondement, papa a dit : — Je ne

l'ai pas reconnu. Aidez-moi, je vous en supplie, c'est mon fils. Il est blessé. Je ne l'ai...

Maintenant, tout était à nouveau noir.

Et il y avait papa.

Et il y avait moi.

FIN

Je remercie Chiara Bellini pour toute l'aide qu'elle m'a apportée et pour le cœur qu'elle a mis dans ce livre.

Impression réalisée sur CAMERON par

BUSSIÈRE CAMEDAN IMPRIMERIES

GROUPE CPI

à Saint-Amand-Montrond (Cher)
pour le compte des Éditions Grasset
en mars 2002

N° d'Édition : 12360. — N° d'Impression : 021525/4.
Première édition : dépôt légal : décembre 2001.
Nouveau tirage : dépôt légal : mars 2002.

Imprimé en France

ISBN 2-246-62851-2

